O bom mal

FÓSFORO

SAMANTA SCHWEBLIN

O bom mal

Contos reunidos

Tradução do espanhol por
LIVIA DEORSOLA

9 Bem-vinda à comunidade
27 Um animal fabuloso
39 William na janela
56 O olho na garganta
91 A mulher de Atlántida
128 O Todo-Poderoso faz uma visita

155 SOBRE OS CONTOS
157 AGRADECIMENTOS

O estranho é sempre mais verdadeiro.

Cartas, Silvina Ocampo

Bem-vinda à comunidade

Da ponta do cais, pulo na água e me afundo tapando o nariz. Depois do impacto inicial, abro os olhos, me entrego atenta à queda que vai se suavizando, às novas tonalidades ao meu redor, mais densas e cintilantes. Descendo, aguento sem respirar.

Talvez tenha passado um minuto. Por fim, devagar, toco o chão embolorado com os pés, como uma astronauta aterrissando na Lua. Solto o nariz e abaixo os braços, o corpo se retesa. Uma contração vem dos pulmões, é um espasmo, espero um pouco mais. Confiro as pedras presas à minha cintura, sabe-se lá se o nó não vai se desfazer. Para evitar me arrepender, inspiro. Encho o peito de água e um frio novo e duro atinge as minhas costelas. Quero que isto aconteça sem dor. Uma dezena de borbulhas saem pela boca e pelo nariz e sobem. Outro espasmo me provoca cãibras e fico com medo do que possa acontecer agora. Solto o ar que me resta. Me surpreende a sensação líquida onde antes existia ar, mas sobretudo me surpreende a lucidez, a serenidade. Olho para as minhas mãos, maiores e mais brancas do que na superfície, e me pergunto quanto tempo vou levar para perder a consciência. Algas, cardumes de olhos prateados, plâncton flutuando feito lantejoula. Sinto o corpo relaxado, o contato com as correntes mornas, frias, mornas outra vez. Ao longe, o fundo fica turvo. Quanto tempo será que passou? Três minutos, cinco, é uma coisa que já não sei calcular. Tinha certeza de que isso aconteceria rápido.

Toco nas pedras, procuro o nó. Não há arrependimento, a esta altura o que está feito está feito. É curiosidade. Desato a corda e as pedras se desprendem. A queda provoca um terremoto perto dos meus pés, que se descolam lentamente da terra. Fico ali meio que flutuando, sem saber o que fazer. E é então, neste momento, quando me lembro de ter pensado, e se for só isso? A dúvida suspensa pelo resto da eternidade: o primeiro medo real que tive este dia. Não ser capaz de avançar nem de retroceder, nunca mais, em nenhuma direção.

Eu me encolho, bato com os pés no chão e tomo impulso. O que deu errado? Estou tentando entender. De início, subir parece fácil, mas o corpo para depois de alguns metros, confortável em sua levitação. Leva um tempo para voltar, para finalmente alcançar o calor mais cristalino da superfície. Será que vou voltar a respirar de novo quando sair da água? Eu me pergunto se alguém pode estar me procurando e temo um escândalo. Dou umas quantas braçadas, por fim tiro a cabeça da água e sinto o alívio do ar frio no rosto molhado.

Encontro a margem de pedras tão vazia como sempre, bato os pés até a escada de troncos e subo ao cais. Me bate um enjoo, me inclino sobre o deque esperando vomitar toda a água, mas nada acontece. A madeira quente absorve logo as gotas que caem do meu queixo. Quero ficar de pé, mas o corpo está fraco e mole, espero um momento e tento de novo. Do outro lado do jardim, o sol que ilumina as portas de vidro de casa fere meus olhos. Torço meus cabelos, tento fazer o mesmo com a parte da frente da camiseta e a barra da calça, e caminho até o fim do cais. Os chinelos ainda estão na grama, do mesmo jeito que os deixei. Eu os calço e luto contra o declive para atravessar o jardim ladeira acima.

Tento me lembrar de como chegar em casa. Eu me olho na porta de trás, a roupa molhada grudada no corpo, minha mão se aproximando para correr o vidro que range sobre o trilho, a esquadria que passa diante dos meus olhos e elimina o reflexo, e atrás a sala, a mesa de jantar com os restos do café da manhã ainda espalhados. Eu me apoio no batente e, com um último esforço, atravesso a porta de vidro.

Dentro tudo está calmo. As hortênsias que cortei de manhã continuam intactas nas duas floreiras da cozinha. Recolho as cartas que acomodei junto a cada ramalhete, a que escrevi para ele e a que escrevi para as meninas. Não tenho certeza de que pegar essas cartas é uma boa decisão, nem sequer tenho certeza de que pegá-las desta mesa é pegá-las da mesma mesa em que as deixei um pouco antes. Não tenho certeza de nada, nem antes nem agora, mas no relógio já é meio-dia e vinte, então subo ao quarto, deixo as cartas na gaveta da mesinha de cabeceira, tiro a roupa molhada, ponho uma roupa seca e desço de novo para preparar o almoço.

Chegam buzinando, e as meninas entram em casa feito um furacão. Trazem um coelho numa gaiola.

"A gente tem que cuidar dele até quinta", ele diz, "é uma semana para cada família."

Eu bato ovos. Bater supõe um esforço descomunal, mas estou tremendo e acredito que a ação disfarce o meu estado. As meninas se agarram à minha cintura e tenho que erguer a tigela para ver o rosto delas.

"Ele se chama Barril."

"Sim! Barril."

As vozes retumbam na minha cabeça. A mais velha afunda o nariz no meu estômago e respira com todas as forças.

"Mamãe, você tá com cheiro de podre."
A mais nova imita o gesto.
"É mesmo! Tipo lama suja."
"Muito bem", eu digo, "vamos já comer."
Eu me lembro do medo que tenho de parar de bater. Mas paro de bater e não acontece nada, ninguém está olhando para mim. A mais velha empurra a gaiola contra a parede e deixa o coelho solto. Seu pai se apressa para fechar a porta de correr. Ao voltar, nos chama com três palmas:
"A partir de agora, tudo bem fechado", diz ele.
Ponho na frigideira a quinta omelete e sirvo as que já estão prontas. Ele sabe que é dele a responsabilidade da que está no fogo, pois é o único que come duas. Então sentamos à mesa e, por fim, ao menos por alguns segundos, o silêncio das meninas dando as primeiras mordidas ajuda a me acalmar.
Está tudo em ordem, penso, tranquila.
Fico olhando o coelho, que, sem cerimônia, atravessa a sala de jantar até o prato de água que deixaram para ele no chão. Fico besta com a naturalidade com que ele se move fora da gaiola. Se Barril é um viajante especialista em novos territórios, eu sou esta mulher ancorada sempre no mesmo lugar. Ele se aproxima, cheira os meus pés. Me faz cosquinhas com o nariz e, por precaução, me agarro à beirada da mesa.
"Ele se chama Barril porque é gordo."
"Não é verdade."
"É verdade, sim, foi a professora que disse."
As meninas brigam com garfos por alguns segundos e depois voltam a comer. Ele levanta para pegar a última omelete e, no caminho, já está fazendo um telefonema.
Está tudo em ordem, penso, e me surpreende que as cosquinhas me causem prazer.
"Mamãe, está contente?"

Com os talheres no ar, a menor espera ansiosa por minha resposta. De repente dá um pulo da cadeira e corre em volta da mesa sem nunca baixar os talheres.

"Barril! Barril! Mamãe está contente!"

"Mas comer já seria demais, né?", ele diz quando volta com a segunda omelete, registrando o meu prato com a comida intacta.

A mais velha olha e escuta. O pior é o que está aprendendo com a gente, seja lá o que for.

O almoço acaba e a minha família desaparece escada acima. Gosto desta casa por causa da porosa capacidade que tem de nos absorver em seus quartos. Na sala, a gaiola fica aberta e vazia, e me reconforta pensar nas meninas brincando com o coelho, entretidas na minha ausência. É como escutar a máquina de lavar ou o micro-ondas, relaxo, porque até mesmo quando não consigo me pôr em movimento, na prática algo está sendo feito.

Volto à porta de vidro, abro-a e olho o jardim. Tudo o que acontece me parece possível, mas como é possível, como pode ser que tenha acontecido o que aconteceu e eu me sinta tão bem, e até o cabelo esteja ficando seco. Respiro, procuro a bolsa no cabideiro e saio de casa pela porta da frente. O carro dele está outra vez na entrada, atravessado na diagonal, parece uma barricada. Não discutimos mais sobre isso, aprendi a deslizar as pernas entre os para-lamas e a parede quase sem sujar a roupa. Quando ele está em casa, "sair" se parece com "superar", com "vencer" um acesso, e se quero superá-lo tenho de estar realmente decidida.

O vizinho do lado está chegando de caminhonete. Este é o dia em que entendo com o que ele trabalha de fato. Mas por ora penso que ele está apenas voltando da caça, como todas as tardes que traz o boné com a viseira para a frente. Tem uns chifres de veado pendurados na porta do alpendre, e embora não seja militar, se veste como um.

Três anos antes ele saiu na capa do jornal local por causa de um processo em que era acusado de perseguir uma mulher que costumava trabalhar no café do Toni e que, depois dessa notícia, nunca mais voltamos a ver. Em seguida teve a coisa do arame farpado. Tentamos falar com ele no mesmo dia em que ele o instalou, explicamos várias vezes que as meninas podiam brincar por perto e acabar se machucando. Ele disse que por isso mesmo era farpado, que só assim para os pais se preocuparem em manter os filhos longe da cerca:

"A cerca é para os pais."

Lembro que, durante esse dia, aconteceram muitas coisas nas quais tento não pensar. A princípio o vizinho também está na lista.

Na rua, protegida pelo arvoredo, o calor não é tão sufocante. Na esquina toco a campainha de Daniela e me ajeito um pouco. Faço dos meus dedos um pente e encontro um pedaço de alga, ainda úmido, emaranhado embaixo do cabelo. Puxo-o até que ele estica tanto que parece um chiclete e o deixo cair no chão. Seco as mãos na calça, toco a campainha outra vez. Quando me canso de esperar, desço até a pracinha.

O bairro ainda parece tão exageradamente grande e opulento como no dia em que chegamos, já faz muitos anos. Uns quarteirões abaixo fica o café. Dentro, há duas mesas ocupadas e Toni está lavando louça na cozinha, vejo-o pela janelinha e ele pisca o olho para mim. Eu me aproximo e pergunto por Daniela, mas ele não sabe onde ela está, de modo que sento um pouco ao balcão. Um tempo atrás nos deitamos algumas vezes no chão da cozinha, no vestiário e no banheiro dos funcionários. E então um dia Toni disse "bom, chega, né?". Disse isso resignado, como se tivesse ficado esfregando uma mancha por bastante tempo sem conseguir tirá-la por completo, e por fim tivesse desistido.

Uma mulher se aproxima, pega o açucareiro e, antes de voltar à sua mesa, sorri para mim. Ponho as mãos no cabelo para me assegurar de que não tem mais algas nele. Acho um filetinho, talvez um pedaço perdido do anterior. Fico aliviada ao ver que ninguém detecta nada estranho, me bate uma vontade de me aprumar e espreguiçar, de fazer alguma coisa além de ficar ali sentada, esperando.

Saio à rua e fumo um cigarro, um carro surge do acesso principal, passa direto e se afasta. Na calçada não há colunas, nem paredes, nem postes onde se apoiar, para isso é que serve a casa de cada um; a rua é apenas um jardim comprido por onde se pode circular. Na pracinha, sento no banco. Lembro que penso em contar até dez e, se ainda tiver vontade, vou acender outro cigarro. Conto para não pensar.

Então vejo o coelho, ele cruza a rua bem neste momento, um coelho suficientemente gordo para se chamar Barril. Ele foge e se enfia entre as moitas. Depois vejo uma das meninas. Ela chora segurando a cabeça nas mãos, o rosto vermelho e cheio de meleca, a angústia a consumindo a ponto de a procura pelo coelho virar uma tarefa impossível. Será que a mais velha vai herdar a minha escassa inteligência emocional? A mais nova segue a mais velha, imita dela o gesto, mas sem chorar, os olhos atentos, revisando cada canto. Eu levanto e me aproximo. Ele vem atrás, o telefone pendurado na mão.

"Você deixou a porta de correr aberta", diz.

"Mamãe! O Barril!"

A mais nova me abraça. A mais velha chora.

"O que vamos fazer, mamãezinha?"

Nos dividimos em dois grupos, ele com a mais nova, eu com a mais velha, cada equipe de um lado da rua sacudindo moitas entre os jardins dos vizinhos. Uma vez, da cozinha, vi um casal de mendigos fazendo uma coisa parecida em meu próprio jardim, não sei o que poderiam estar procurando. Chamei a segurança, vieram e levaram os dois. Mas um suéter amarelo feminino ficou pendurado na roseira por quase uma semana. Por fim o recolhi e o pus na máquina de lavar, só ele, e no modo roupa delicada. Eu o sequei, o dobrei, andei com ele os sete quarteirões até o ponto de ônibus e o deixei no banco. Sabia que isso não era exatamente devolvê-lo, mas ao menos era colocá-lo em algum lugar. Não queria ter em casa coisas que não me pertenciam.

Passamos ao jardim seguinte. Uma vizinha aparece na janela. Eu a reconheço, é a mãe das gêmeas que estão na mesma sala de aula da minha filha mais nova. Vai sair e nos ajudar, penso. Vai perguntar "o que aconteceu?". E dirá "eu vi o coelho!". Ela me olha e se afasta, procuro a porta esperando que ela saia a qualquer momento. Uma vez, em frente à saída da escola e com uma das minhas filhas em cada mão, ela me disse "é a última vez que espero a senhora, entendeu? Não é a única aqui fazendo um grande esforço".

Mas a porta da casa não se abre.

A mais velha me alcança entre os arbustos, me abraça e com o abraço também me empurra. Atravessamos outro jardim. Quando ele se cansa da procura, bate palmas três vezes. A família se reúne no meio da rua e voltamos para casa. Está irritado, sei disso por seu tom de voz.

"Sei onde podemos conseguir outro coelho."

Ele diz isso na frente das meninas, e de repente quatro mãozinhas me seguram com força.

"Não. Não, não! Barril!"

Já estamos em nossa porta de entrada quando, às costas do meu marido, o vizinho vem em nossa direção.

"Boa tarde", diz.

Só então ele vira e o vê. Traz o coelho pendurado, segurando-o pelas orelhas.

"Ele está morto, mamãe? Mamãezinha?"

As meninas pulam aflitas em volta da gente. O coelho dá algumas patadas no ar e volta a se entregar ao vaivém.

"Será que está doendo?", pergunta a mais nova.

"É assim que se carregam os coelhos", meu marido diz para acalmá-las.

Mas Barril é gordo demais, e o homem já está perto o bastante para vermos a força nos tendões do punho dele. A boca do animal esticada em um sorriso cruel, os dentes à mostra, os olhos puxados e chorosos.

"Teremos coelho no jantar?", diz o homem.

As meninas gritam. O homem ri.

"Peguem, peguem, vim em sinal de paz."

Ele oferece o coelho, e meu marido tenta pegá-lo, mas não sabe como.

"Tem que largar o telefone para pegar o coelho", diz o homem.

Quando ouço isso, sorrio, apesar do desprezo que lhe tenho. E quando por fim o coelho passa de mãos, e as meninas se acalmam e correm até o pai, e ele agacha para que elas se reencontrem com Barril, o homem vira para mim, me encara por um instante, até que franze o cenho.

"Algum problema?" Ele olha para a minha boca, meus olhos, meu cabelo.

"É o coelho das meninas", respondo, "quer dizer, o coelho da escola, que..."

"Eu me refiro à senhora. Está bem?"

Ele avança um passo na minha direção. Penso nas algas e me penteio com os dedos. Olho para a minha família para me certificar de que já está se afastando.

"Problema nenhum", digo, "é que vi o senhor com o coelho e me assustei, como sei que gosta de caçar..."

"Acha que caço porque gosto?"

Ele sorri, mas está tão irritado quanto meu marido. Faz que não lentamente, sem deixar de me olhar.

"Inacreditável vê-la circular tão tranquila, depois do que fez esta manhã."

É como se ele tivesse me pegado pela garganta com as duas mãos. E agora esperasse, sem nunca afrouxar a pressão dos dedos. Ele me viu, penso. Lembro que penso que me viu, e não consigo pensar em outra coisa, nem no coelho, nem nas meninas, nem no que vai acontecer depois. Ele dá mais um passo na minha direção e agora está perto demais. Seu dedo aponta para o meio do meu peito.

"Acha que pode fazer o que lhe dá na telha e depois se arrepender?"

Procuro pela minha família, mas não vejo mais ninguém.

"Acha mesmo que é assim que a banda toca?"

Dou um passo para trás.

"Aonde vai?"

Quero responder, mas só consigo me afastar.

"Ei! Espere, me escute."

Dou mais alguns passos para trás, me afasto do homem e cada vez que viro para ele, vejo que continua ali, parado, me observando. Ando rápido sem olhar para trás. Ultrapasso a barricada, entro em casa, fecho a porta. Como é a minha casa, há onde se apoiar. Colunas, paredes, levo um tempo até me recompor.

A porta de correr já está fechada e as meninas brincam de perseguir o Barril. Rapidamente a casa reabsorve seus habitantes nos cômodos, nos liberta a cada tanto e volta a nos capturar. Depois de jantar, ele entra em seu estúdio para trabalhar e eu mando as meninas para a cama. Demoram a se acalmar, a mais nova é a última a adormecer. Quando por fim fecha os olhos, espero um pouco sentada ao seu lado, observando-a. Depois me concentro nos meus pés, porque ainda tenho barro seco e esverdeado entre os dedos. Tiro os chinelos e os cheiro. Quero tomar um banho, tirar de mim esse odor, pôr o pijama e deitar, mas percebo que não sou capaz de fazer nada disso. Cada vez que penso no homem, a minha garganta volta a se fechar. Acabo juntando forças e levantando. Eu me lembro de como desço lentamente as escadas: me dizendo tem que mexer esta perna, tem que mexer esta outra, recordando como respirar, e pela primeira vez neste dia, que nunca esqueço, me dou uma instrução.

Volto a sair de casa, ultrapasso a barricada do carro em direção à rua. O homem está sentado nas escadas de sua varanda. É o único terreno cercado do quarteirão, mas quando me aproximo vejo que, desta vez, o portão está entreaberto. Eu o empurro e entro. Ele espera, imóvel, que eu me aproxime. Um par de potentes luzes automáticas se acendem e iluminam o jardim. Há três baldes a seus pés, uns trapos sujos e algumas ferramentas. Poucos segundos depois, as luzes voltam a se apagar.

"Estava esperando pela senhora." Ele segura uma cerveja pela metade.

Ele me oferece outra, abre e me passa.

"Peço desculpas se fui rude. Perco rápido a paciência."

Pego a cerveja.

"Não se preocupe."

Ele me olha até eu dar um gole. Sei que quer que eu diga mais alguma coisa. Na minha casa, a luz do nosso quarto se apaga e tudo fica um pouco mais escuro. O homem termina sua cerveja.

"Sou todo ouvidos."

Ele quer uma explicação? Quer que eu lhe pergunte algo? Penso no cais, na necessidade quase dolorosa de vomitar água apesar da minha garganta completamente seca.

"Se não tem nada para dizer", apontou a minha casa com o queixo, "pode ir embora. Tenho mais o que fazer."

Ele espera em silêncio enquanto eu tento entender para que fui até lá. Lembro que antes de pôr as meninas na cama, abri de novo a porta de correr e fiquei agarrada ao batente com tanta força que conseguia sentir a rigidez dos tendões. O corpo inteiro queria se soltar e correr outra vez para o lago, e eu tinha a certeza de que, se me soltasse, não seria capaz de detê-lo.

"É como se..." Estico os dedos e olho para as minhas mãos.

Ele assente, dá umas palmadinhas no degrau me convidando a sentar. Eu me acomodo ao seu lado.

"Como se ainda estivesse afundando."

Ele arrasta um dos baldes para si, pega uma faca entre as ferramentas, enfia as mãos no balde e começa a trabalhar. Tem uma coisa nas mãos, que surge difusa na penumbra.

"Fico assustada com...", procuro atenta as palavras, porque quero que ele compreenda.

"Tem que se acostumar", ordena, e cospe para o lado.

Trabalha no balde, há sangue entre seus dedos, nos pulsos. Tira do balde a faca e coça o queixo com o dorso da mão. Está escalpelando um animal pequeno, puxa a pele, e o gume desce suavemente sobre os músculos vermelhos das patas.

"Experimente", ele diz.

Com o pé e sem parar de trabalhar, ele empurra na minha direção um dos baldes.

"Sua faca já está aí dentro."

Por pouco não espero encontrar ali a minha faca de cozinha, encontrar coisa assim me assustaria mais do que o que se supõe que estou prestes a fazer.

"O primeiro corte tem que ir de cabo a rabo."

Inclina-se para mim e com a outra mão tira do meu balde uma lebre, segura-a pelas patas de barriga para baixo, firme na altura dos meus olhos, é um animal extraordinariamente comprido do qual já cortaram a cabeça.

"Tem que abri-lo como um livro. Se for difícil fazer isso começando pelo cangote, abra-o pela barriga, e daí vá para cima e para baixo. Depois tem que puxar, a pele sai sozinha."

Ele mexe as mãos indicando a direção correta sobre o animal, e assim vejo melhor seu pulso: duas cicatrizes compridas, paralelas às veias e grossas feito vermes. Ele deixa a lebre dentro do meu balde e volta ao trabalho.

A faca que tenho é pequena e tem cabo de marfim. Fico com ela na mão, é tudo o que posso fazer.

"Como o senhor fez?", pergunto a ele sem olhá-lo, porque talvez eu não saiba o que estou perguntando, ou me envergonho, ou preferiria não saber. Ele não responde, então fico esperando. "Para se acostumar, quero dizer, para seguir em frente."

"Estou lhe dizendo."

Eu o escuto com toda a atenção de que sou capaz. Somos dois símios vestidos, as mãos penduradas dentro dos baldes. Ele aponta para o meu inclinando a cabeça.

"Estou lhe emprestando para que pratique. Mas a senhora tem seu próprio coelho."

Larga a faca.

"Não entendo o senhor", digo. Preciso que ele seja mais claro, que me fale as coisas, palavra por palavra.

Ele abre outra cerveja e bebe.

"Acha que eu tive alguém que me dissesse como isso funciona?"

Não respondo. Ele aproxima a cerveja do meu peito e me bate no esterno com a base da garrafa. É uma batidinha de leve, mas quase consegue fazer meu coração parar.

"Quer se jogar na água com uma bigorna de pedras presa na cintura?"

Ele está falando, agora sim. Todas essas palavras.

"Muito bem, se é isso o que quer, perfeito. Quer se pavonear entre os vivos como se não tivesse acontecido nada? Perfeito também: bem-vinda à comunidade."

O que quero é que me escalpele, quero pôr as mãos no balde e que a dor me apague totalmente.

"Mas tem que pagar um preço."

Ele puxa para cima um pedaço comprido de pele, até que o arranca de vez e o devolve ao balde.

"Por quê? Eu não fiz nada a ninguém."

"Sério? É sério que é isso o que pensa?"

Eu levanto. Deixo no chão a minha cerveja pela metade.

"Tem que pagar", ele diz.

Faço que não com a cabeça, e sem perceber estou me afastando. Estou furiosa.

"Ei!", ele diz.

As luzes do jardim se acendem. Por alguns segundos tudo fica tão iluminado que tenho que cobrir os olhos com o braço. Os tendões travados, como se ainda aguentassem as minhas mãos agarradas ao batente da porta de correr, me lembram de que eu ainda poderia me soltar e sair correndo outra vez para o lago. Abaixo o braço, o homem continua trabalhando em seu balde. Volto a me aproximar.

"Por favor", digo. Mas é como se eu dissesse me pegue pelo pescoço e me enforque agora mesmo, como se dissesse estou implorando, como se dissesse eu sei que o senhor é capaz. "Por favor", digo, "por favor, seja claro e fale o que tiver que falar."

O homem junta os três baldes que pendem da sua mão direita e levanta.

"Tenho que aguentar todos os preconceitos." Ele vai para a garagem e eu o sigo.

"Que preconceitos? Do que está falando?"

"A senhora acha que caço por prazer, acha que adoro a minha cerca de arame farpado. Acha que todo mundo aqui é um pouco cruel com a senhora, já a senhora é cheia de boas intenções."

Ele entra na garagem e põe os baldes numa grande mesa de madeira. Há peles de animais que pendem de duas vigas compridas, secando.

"Por favor", digo. "Tem alguma coisa errada, sei que tem alguma coisa errada."

Dentro da garagem quase não há luz.

"Não aguento", digo ao homem. "Não consigo mais."

"Tem que aguentar."

"Não sei como. Eu lhe imploro."

Ele pega a minha mão pelo pulso e me obriga a apoiar a palma sobre a mesa. Agora vai cortar meus dedos, penso, vai me escalpelar.

"A primeira coisa a fazer é se acalmar." Ele pega minha outra mão e também a apoia na mesa.

A madeira está úmida e suja, afundada de tanto uso, mas é forte, percebo que ajuda a me manter de pé. E se eu estiver ficando louca? É a primeira vez que me faço essa pergunta, é quase como fazer um pedido: se estou louca, a única coisa que tenho que fazer é conseguir voltar para casa.

"A partir de agora tem que aprender a se virar sozinha."

Lógico. Ele tem total razão. Me pega pelo braço.

"É algo que tem que fazer todos os dias. Entende?"

Tenho que voltar para casa.

"Todos os dias. Se deixa de fazer isso um único dia, a senhora afunda, irá tocar o fundo, e já não haverá mais como voltar. Entende?"

"Não, sim", digo, confusa.

Ele se aproxima mais ainda, seu rosto perto demais do meu.

"Dor. Isso é o que tem que provocar."

"Sim."

"Um pouco de dor todos os dias, está me acompanhando? Dor de verdade. A alguém que ame de verdade. Ama as suas meninas?"

Faço que sim com a cabeça, mas continuo sem saber a que estou respondendo.

"Isso vai enchê-la de culpa, e se a culpa for forte o suficiente, vai precisar ficar para cuidar delas." Ele me aperta o braço, me olha nos olhos. "Quer ficar deste lado do mundo? Quer evitar que elas sofram a perda da mãe?"

Sinto meus pés aterrissando devagar no fundo embolorado do lago, os pulmões enchendo-se outra vez de água. Tento apenas respirar. Ele está atento aos meus gestos, me avaliando. Me pergunto se vou poder me mexer, se vai me deixar ir. Tiro as mãos da mesa e ainda estou de pé. Dou um passo para trás e sua mão se abre, libera o meu braço. Ponho as mãos nos bolsos, onde ele não as vê. "A culpa vai te ajudar", foi o que ele disse. Mas como? Quero entender exatamente como.

Saio para o jardim e me afasto, tropeço duas vezes. Já não é o homem o que me assusta, é a imagem das minhas mãos agarradas ao batente da porta de correr, o corpo que não aguenta mais, fico aterrorizada por não saber se vou poder continuar a me virar sozinha. Os focos de luz se acendem outra vez. Corro para casa, cruzo a barricada. Entro com uma das palmas apoiada no coração, pois a única coisa de que preciso agora é senti-lo, mas não sinto nada. Onde estão os batimentos? Mais para cima? Mais para dentro? Na sala olho ao redor procurando a gaiola do coelho, não a vejo em canto algum. Subo a escada mordendo os lábios até fazê-los sangrar. Entro no corredor e quando vejo estou no quarto das meninas. Cada uma em sua cama, a gaiola bem no meio, vazia. Um movimento me faz descobrir Barril enredado nos braços da mais velha, aproximo as minhas mãos devagar. Assim que o coelho se mexe, eu o aperto pelo pescoço contra o colchão. Se diminuo a força, a pelagem começa a deslizar por entre as mãos. Eu o pego com um puxão pelas orelhas, como fez o homem, e o coelho fica dando patadas no ar. A mais velha se mexe para o outro lado, mas não acorda.

Na cozinha, acendo as luzes, pego uma faca, movo a torneira para um lado e ponho o coelho dentro da pia, apertando-o contra a cuba. Afundo a minha outra mão na pelagem, cravando os dedos ao redor do cangote. O coelho espera, me olha com seu olho vermelho, congelado. Estou pensando no que fazer agora, em como fazer. Fico pensando que vou manchar a cozinha e terei que limpar bem, ou de manhã as meninas verão o desastre. E se, em vez de matá-lo, eu soltá-lo na rua? Será que perder o coelho causará dor suficiente? E se, em vez de escalpelá-lo, eu lhe apertar o pescoço até asfixiá-lo, e puser o coelho morto outra vez nos braços da mais velha? Se ela acordar abraçando uma criatura morta, isso lhe causará dor suficiente? Assim entendo o que faz exatamente a culpa, ela entra como o ar pela janela e penetra nos pulmões. Respiro. O coelho nem sequer mexe os bigodes. Espera alguns segundos, talvez minutos, suportando a pressão das minhas mãos sobre seu corpo, me olhando tão quieto que afinal nós dois nos acalmamos. Eu o solto e ele espera congelado, com seu olho vermelho me observando sem piscar. Volto a tocar meu peito com a palma da mão e sinto o coração. É um batimento lindo.

Afasto a faca, deixo o coelho na pia, e ele imediatamente pula para o chão e se retira. Também saio da cozinha, nenhum dos dois suportaria ficar ali. Quando passo perto da porta de correr aberta, olho o batente e já não existe nenhuma razão para me agarrar a ele. Fecho a porta.

No espelho do banheiro fico estudando o meu rosto por um tempo. Sento na borda da banheira, depois tomo um banho. No quarto, ele dorme do lado dele da cama e eu deito com cuidado, prestando atenção para não puxar o lençol nem balançar o colchão. Me lembro de como o cansaço bate rápido, de como estico as pernas, relaxo os braços ao longo do corpo e fecho os olhos. Apenas um momento antes de cair no sono mexo as mãos e já não sinto os lençóis. São apenas alguns segundos, até terminar de cair: a sensação escura e embolorada na ponta dos dedos, bem quando tocam o fundo do lago, e se mexem pela última vez.

Um animal fabuloso

Quase vinte anos depois do acidente, Elena me telefona em Lyon. Não reconheço a voz dela, mas quando diz seu nome, sei perfeitamente com quem estou falando.

Por alguns segundos a escuto respirar, seguro o telefone com o ombro e acendo um cigarro. Devagar, tentando não fazer nenhum ruído, saio à varanda que dá para o parque, sento em uma das cadeiras e tiro as sandálias empurrando-as com os dedos dos pés. Ela quer falar de Peta, seu filho. Quer saber do que me lembro da noite do acidente. Sua voz é calma e pigarrenta. Me pergunto se é por causa dos anos que se passaram, ou se o tom tão doce dela desapareceu de repente naquela última vez que nos vimos.

Ponho os pés descalços na outra cadeira, sinto dor nos calcanhares e nas pernas. Estava em Madri nesta manhã, e mal tinha deixado a mala na entrada do apartamento quando o telefone tocou.

"Onde você está, Elena? Em Buenos Aires?"

Pergunto para ganhar tempo, para me sentir um pouco mais em casa antes de me entregar a esta conversa. Seu silêncio me faz desconfiar de que ela nunca saiu de Hurlingham, que talvez pudesse ainda morar na casa onde tudo aconteceu.

"E você?", pergunta Elena. "Continua viajando?"

Penso no escritório novo em Marselha, na cátedra de planejamento urbano de Barcelona, no desenvolvimento comercial nos arredores de Bordeaux. Mas quando imagino Elena sentada no banco que tinham no amplo corredor entre a cozinha e o quintal, quando a imagino falando comigo, sentada nesse banco de madeira e pés de ferro que seu pai alcoólatra fizera para ela com suas próprias mãos como presente de casamento, e que ela nunca quis tirar de casa, então digo:

"Sim, um pouco." E espero para ver o que ela fala.

"Teu sobretudo ainda está aqui."

Que sobretudo? Há uma dezena de casacos no meu closet, mas já não me lembro dos que costumava usar.

"Estou morrendo, Leila. Por isso telefonei."

Olho para os meus pés, mexo os dedos. Do lado de fora da varanda, o vento acaricia a copa das árvores. E de repente penso no cavalo. Depois de muitos anos, volto a pensar nele, na primeira vez que o vi, com uma clareza assombrosa. Ia à casa de Elena direto do aeroporto, e o táxi parou em um semáforo da avenida Vergara, bem ao lado do animal. Ele estava empacado, arrastava uma carroça com um monte de colchões empilhados em cima e um homem o castigava a chicotadas para avançar. Sempre houve cavalos na grande Buenos Aires, mas naquela época já fazia tempo que eu morava fora e a imagem me chocou.

A barriga do cavalo estava tão perto que eu poderia ter posto a mão para fora do carro para tocá-la. Dava para perceber que estava inchada, desproporcional ao restante do corpo tão magro. As patas cambaias, a pelagem rala ao redor das correias. Mas me lembro sobretudo do modo como o cavalo girou a cabeça e me olhou. Ele olhou diretamente para mim, com aqueles grandes olhos escuros.

"Sei que já faz tempo", diz Elena, "mas... Você se lembra da fantasia que Peta usava naquela noite, uma que ele mesmo tinha feito? Quero que alguém me fale do meu Peta." Quando Elena tosse, intuo o que foi que alterou tanto a voz dela. "Por favor, você esteve ali. Senão, a quem vou pedir?"

Espero alguns segundos, Elena não diz nada, então pergunto: "Você está doente? O que você tem?"

"Tanto faz, Leila, temos sessenta e poucos anos e eu não passo do próximo mês", sua voz dá um salto de leve, como se ela tivesse se posto de pé. "Faz algum tempo que estou tentando entrar em contato com você."

"Você está em Hurlingham?", pergunto.

Nós duas nascemos em Hurlingham, mas nos conhecemos na faculdade, cursando arquitetura.

"Sim", diz Elena.

Penso em Alberto, e agora estou tentando não perguntar por ele.

"Mas você se mudou?", pergunto.

Lembro-me deles no quintal, o mesmo quintal onde aconteceu o acidente.

"Continuo em casa", eu a escuto tossir. "Espere um momento."

Tenho a impressão de que ela abandona o telefone sobre o banco e se afasta. Ela me deixa sozinha no corredor, tão perto daquele quintal que, em Lyon, os pelos do meu braço ficam arrepiados.

Alberto e Elena se casaram um ano depois de se conhecerem. Nós três nos formamos no mesmo mês de dezembro, mas em seguida aceitei o emprego na empresa francesa e fui embora da Argentina. Eu sempre lhes escrevia quando passava por Buenos Aires, e então eles me convidavam para jantar em sua casinha de bairro de classe média, reformada de acordo com seus olhares rigorosos de arquitetos. Eram altos e vigorosos, e vestiam as camisas e as calças claras que os arquitetos vestiam, com seus relógios de grife um pouco frouxos no pulso. Elena usava os cabelos presos em um rabo castanho, e os cachos ao redor da testa se erguiam como pequenas molas. Às vezes Alberto os ajeitava atrás das orelhas de Elena. Ele fazia isso com carinho, mas o fazia sobretudo quando era ela quem estava falando e ele começava a se distrair.

No telefone ouço o barulho da porta de uma geladeira. Eu me lembro de cada detalhe dessa cozinha. Bastam dois passos para voltar ao corredor, praticamente uma extensão do quintal, porque a porta de correr com a qual substituíram uma parede na primeira reforma estava sempre aberta. E ali, sentada no banco, era onde Elena gostava de "sentir o ar". A casa não era grande, mas eles tinham derrubado algumas divisões e sabiam onde pôr as luzes e as poltronas para que parecesse maior. Tiveram o menino alguns anos depois de se formarem e o criaram com o mesmo cuidado e devoção compartilhada com que encaravam todos os projetos profissionais. Nessa última visita que lhes fiz, eles tinham nove anos de casados, e o menino acabava de completar sete.

Elena protesta com um *shhh*, alguma coisa cai no chão. A quem vou contar sobre este telefonema?, penso. Ninguém na França sabe do assunto. Na verdade, nem sequer Elena sabe o que aconteceu comigo naquela noite para além do acidente. Ela me telefona porque quer ouvir alguém contar alguma coisa sobre Peta. Não parece intuir nada mais.

Os passos retornam, Elena ergue o telefone. O banco chia quando ela volta a sentar.

"Estou bebendo Fernet", ela diz, "quero adquirir ao menos um vício antes de morrer. Acha que dá tempo?"

"Mas é claro. Podemos beber seis desses por telefone todos os dias."

Rimos. Se ela realmente precisava disso, eu estaria disposta a acompanhá-la. É sempre assim, de repente percebo o quanto sinto falta de alguém, com a angústia que chega do nada, e tenho que fazer um esforço para não me emocionar.

Eu a escuto acender um cigarro, não sabia que ela fumava. Tento me lembrar de algum detalhe sobre Peta, mas só vejo o cavalo. Elena traga e o papel do cigarro crepita, consumindo-se. Ela não vai dizer mais nada até que eu comece a falar.
"Foi ele que abriu a porta para mim."
Elena exala a fumaça com um sopro lento, quase aliviada.
O nome dele é Pedro, mas o chamavam de Peta. Eu o conheci quando ele tinha dois anos, na primeira de uma dezena de visitas a Buenos Aires depois da parceria da minha empresa na construção de dois arranha-céus em Puerto Madero. Também o vi, numa noite, aos quatro anos, mas o menino já estava dormindo. E então essa vez, aos sete, todas as imagens que agora me vêm são dessa última visita. Eu o vejo parado na porta, dentro de um vestido comprido, improvisado, feito de papel-alumínio, estufando o peito com a rigidez de um gendarme.

Conto a Elena sobre a sensação que tive ao vê-lo tão grande, e a eles dois, "você e Alberto", digo, preparando, no quintal, umas comidinhas para beliscar, indo e vindo da cozinha com aquela harmonia tão eficiente com que faziam tudo. Digo "faziam" e espero alguns segundos para ver se ela esclarece algo sobre Alberto. Descrevo a casa, o grande espelho que acabavam de instalar na entrada. Falo de como estava cansada da viagem e de como o primeiro drinque no quintal aliviou tudo. É incrível as coisas que a gente recorda vinte anos depois. Por exemplo, que eu estava com os pés descalços e que a cerâmica do quintal ainda estava morna. Talvez seja a sensação do prazer e da dor o que sempre deixa uma marca mais vívida, porque são as coisas que acontecem com o corpo. Ou talvez seja porque houve um tempo em que revisitei muitas vezes essas recordações, e eu mesma escolhi a quais detalhes voltar para tentar entender o que tinha acontecido.

Na minha varanda, a tarde começa a escurecer.

"Eu também vou preparar uma bebida para mim, Elena."
"Te espero."
Deixo o telefone na cadeira, entro e atravesso as duas grandes salas de estar em direção à de jantar. Me pergunto se Elena se sentiria confortável entre tantas estantes de livros. Se aprovaria as minhas poltronas, o grande vitrô da cozinha aberta, o parquete de nogueira que meu segundo ex-marido cismou de instalar. Abro o movelzinho das bebidas e me sirvo de um pouco de uísque. Elena só quer que alguém cite o nome de Peta a ela. Que descreva como ele amarrava os tênis coloridos, seu quarto minuciosamente bagunçado, suas unhas molinhas e curtinhas cheias de marcas de tinta. Então me cai uma ficha: talvez esta seja a última vez que conversamos, é isso o que este telefonema significa, e assim entendo que, embora ela só queira ouvir sobre Peta, vou contar-lhe sobre o cavalo.

Volto com o meu uísque organizando as recordações, confusa pela nitidez com que elas se desdobram na minha cabeça.

"Você está aí?", pergunto.

"Sim."

"Não tenho filhos, Elena. Não tive, mas... Você vai achar que isso é algo meu, pessoal, que não tem a ver com o que aconteceu com Peta."

Espero, em Elena o silêncio sempre foi desconcerto.

Explico o que descobri naquela noite depois de conversar um pouco com Peta, deitados no tapete. Eu já sabia das excentricidades do menino, e de como era talentoso ao desenhar. De como dois anos antes ele tinha estudado o percurso que a luz do dia fazia sobre as paredes, e que ele "expunha" seus trabalhos pendurando-os apenas nessas áreas de luz "verdadeira". Sua obsessão por pintar cavalos, e o controle que, com seus sete anos, já tinha sobre as perspectivas e as cores. Muitos pais superestimam o talento dos filhos, e eu não sabia, até aquele momento, tudo o que realmente estava acontecendo na cabeça de Peta. Mas talvez por ser filho de arquitetos, talvez por puro talento, Peta era um caso surpreendente.

Naquela noite, quando o menino foi sozinho para o quarto, Elena e Alberto insistiram que fosse eu a verificar se ele tinha escovado os dentes e ido para a cama. Aceitei quando, em seguida, confessaram rindo que, se havia gente para o jantar, Peta só respondia às perguntas das visitas e também parava de falar com os pais assim que terminava de comer. Achavam que era o jeito dele de convidar gente nova para ir ao seu quarto. Aceitei o desafio, e no tempo em que estive sozinha com o menino perguntei por que ele fazia isso. Peta disse: "Faço de conta que estão mortos", e riu tampando a boca, fascinado pela própria brincadeira. Ele me convidou a deitar no tapete para me mostrar o teto, e me apontou as constelações que estava marcando com um estilete, descascando a pintura. Do chão, eram quase imperceptíveis, porque trabalhava apenas nos contornos, que ele iria pintar todos de uma vez para o aniversário seguinte de Elena. Perguntei como tinha, sozinho, alcançado lugar tão alto e ele disse: "Tenho uma técnica", mas não me explicou qual era. Continuamos um tempinho ali, deitados de barriga para cima, até que ele virou para mim, muito sério, e perguntou: "Alguma vez você já acordou no meio da noite? Acordar assim, sem que ninguém te acorde, acordar de verdade".

Era um menino extraordinário, e ao mesmo tempo totalmente normal. Na verdade, a única coisa extraordinária até aquele momento estava acontecendo dentro de mim: ali, deitada no tapete ao seu lado, fantasiei com a ideia de que alguém pudesse precisar de mim de forma tão específica, tão exclusiva. No entanto, eu não queria ser mãe, nunca tinha me interessado por ser.

Não conto nada disso a Elena, que Peta me fazia perguntas e que eu pensava, o que ele está perguntando parece simples, mas é complexo demais; pensava, será que os adultos que convivem com esse menino entenderão a magnitude dessa pergunta? Pensava, eu consigo entendê-lo, eu posso lhe dar respostas sem enganá-lo nem destruí-lo. Era uma intuição poderosa, uma pulsão que me confirmava: esse menino é precioso demais, você, sim, seria capaz de cuidar de algo assim.

A Elena conto apenas o que o menino disse depois: "Não quero ser arquiteto". Não lhe digo o que pensei: que no tom firme com o qual falava, na maneira como seus olhos brilhavam enquanto descobria o sentido das próprias palavras, ele parecia também dar a entender "sou algo tão grandioso que não posso me conformar com o mundo dos homens". Nem que esperei alguns segundos calculados antes de voltar a falar, para que Peta terminasse de saborear a própria descoberta e pudesse reconhecê-la em todo seu esplendor, nem assenti, como se dissesse: "Sim! Sim! Essa é a verdade verdadeira! Você pode ser o que quiser!".

A Elena, conto apenas o que perguntei a Peta depois:

"E o que você quer ser?"

"Quero ser um cavalo."

"Um cavalo?", a voz de Elena treme no telefone.

Conto a ela que levantei do chão num pulo e propus que Peta praticasse.

"Praticar ser cavalo?", ele perguntou. "E como se faz isso?"

"Do jeito que você imaginar."

Peta também levantou num pulo. A segurança da minha resposta parecia tê-lo enchido de energia.

"Para ser um cavalo é preciso praticar andando com um pé na frente do outro", ele disse.

"Isso mesmo! Vamos praticar!"

Andamos juntos em fila, de uma ponta a outra do quarto, com os braços estendidos e as mãos abertas, fingindo fazer um grande esforço para não perder o equilíbrio.

"E quanto mais fechados os olhos, mais cavalo a gente é", disse Peta.

"Isso mesmo!"

Fechamos os olhos e praticamos outra rodada de ida e volta.

"E quanto mais alto a gente está...", Peta pulou para a beira da cama, "mais cavalo a gente é."

Ele pôs um pé na frente do outro sobre a trave de madeira e tentou avançar de olhos fechados.

Elena faz um ruído no telefone, confuso e gutural, parece ter engolido algo repleto de dor, e sei que está pensando no parapeito que dá para o quintal.

"Quando você saiu do quarto, ele já estava deitado?"

Não me lembro, mas respondo que sim. Ficamos em silêncio e já não sei se eu deveria continuar.

"Ai, Leila." Ouço o papel de seu cigarro crepitar. "Não importa o quanto dói, qualquer coisa que você me diga sobre Peta é como estar mais alguns segundos com ele. Obrigada."

"Tem mais uma coisa. Algo que quero te contar."

Penso no quintal, Peta brincava ali desde que começara a engatinhar, com Elena sentada no banco do corredor, sempre por perto, sempre atenta. Ela lia, trabalhava, falava ao telefone, o tempo todo de olho em Peta. Às vezes se apoiava na parede e fechava os olhos, mas não dormia. Lembro-me da mancha que havia no papel de parede marfim, na altura de sua cabeça, como uma nuvem densa. Vai morrer sentada ali? Haveria alguma coisa que eu pudesse fazer para levantá-la desse banco? Levantá-la para quê?

"Quando Peta caiu do parapeito...", começo, mas me detenho.

Olho para o parque além da varanda: em Lyon já é noite fechada.

E de repente ali estão todas as palavras que começo a dizer a Elena pelo telefone. Já não consigo distinguir o que é lógico ou ilógico, o que poderia ser doloroso ou suportável. Narro o que aconteceu tal qual me vem à memória: o barulho do corpo contra a lajota do quintal. Como nós três demoramos um segundo para entender, para nos virarmos na mesa e reagir. Como afinal eles dois pularam das cadeiras e correram até Peta. Alberto não queria movê-lo, Elena o ergueu e o apertou contra ela, queria gritar, mas não podia, porque nem o menino nem ela respiravam. Elena estava ajoelhada e o sangue aumentava ao seu redor, parecia até que o problema todo era ela estar apertando muito o filho. Lembro que levantei da mesa e disse: "Vou chamar uma ambulância". Mas ninguém assentiu nem se mexeu. Fui até a cozinha e telefonei. Dei o endereço, respondi a algumas perguntas e quando desliguei não conseguia mais voltar ao quintal. Meu sobretudo estava sobre o banco do corredor, e lá o deixei. Saí da casa. Fechei a porta lentamente e o barulho do trinco me confirmou que eu já estava do outro lado. Fiquei olhando para a maçaneta, até que ouvi Elena gritar. E então, sem ainda me virar, pressenti algo estranho às minhas costas. Não tinha coragem de me virar para ver. Umas gotas de suor escorreram da minha testa até o queixo e atingiram o piso. Vire, pensei, a dor pior ficou dentro da casa, Elena continuava gritando, seja lá o que acontecer agora não vai te matar. E virei para a rua.

Recostado no asfalto, com a pouca luz de um único poste no fim do quarteirão, o corpo parecia tão desproporcional e grande que demorei a entender o que era. Era um cavalo, jogado sobre o asfalto como se tivesse caído de algum lugar. Eu me aproximei devagar, tentando não assustá-lo. Sua respiração estava agitada, seu abdome inchado se inflava e desinflava esticando a pele desgastada sob as rédeas. Os olhos grandes e escuros procuravam algo na noite, e tive a certeza de que procuravam por mim. Ele ergueu a cabeça para me olhar de frente. Bufou, tentou levantar, mas não conseguiu. Eu ajoelhei a seu lado, abracei sua cabeça e apoiei minha testa na dele. "Você vai ficar bem", eu disse. "Fique calmo."

Primeiro chegou a ambulância, depois a polícia. Indiquei a casa a eles, para orientá-los. Em seguida apareceram alguns vizinhos. Aproximavam-se, viam o cavalo e ficavam ali parados, confusos. E todo esse tempo eu permaneci onde estava, abraçada ao animal.

Alguns minutos depois vi Alberto e Elena saírem detrás de uma maca. Atrás de mim, um vizinho estava chamando a emergência veterinária. Alguma coisa distraiu Elena, que olhou na minha direção, confusa. Subiu na ambulância gaguejando. Os enfermeiros trancaram as portas e o barulho agudo da sirene se afastou a toda velocidade.

Faço uma pausa. Afasto por um momento o telefone e suspiro. Segundos depois, pergunto:

"Você se lembra do cavalo?"

Elena não diz nada.

O velório aconteceu três dias depois, e em seguida o enterro. Antes de ir embora, abracei cada um, primeiro Alberto, em seguida Elena, separados pela primeira vez, imóveis entre os presentes, atentos de uma maneira estranha: ao chão, aos menores ruídos, procurando no burburinho alguma coisa que pareciam ter nas mãos um segundo antes.

Cuidei do cavalo, que ficou uns dias na veterinária da Faculdade de Agronomia, se recuperando. Localizei umas estrebarias em Luján, que me ofereciam um bom preço para deixá-lo o ano todo, se eu pagasse adiantado. Estava disposta a gastar uma fortuna com ele, mas duas semanas depois alguém me contatou em Lyon para avisar que um homem o tinha reclamado, e que o animal já estava outra vez com seu dono. Acho que foi por aqueles dias que telefonei a Hurlingham para ver como estavam, mas não os encontrei. Ou talvez tenha tido a intenção de telefonar e, no fim, não o fiz. Eles também não. E não voltamos mais a nos falar.

Ouço no telefone um estalido, os pés do banco rangendo. Ela ficou de pé? Estará olhando o quintal? O que tem agora no quintal? Por que não diz nada?

"Elena, você está aí?"

Às vezes sonho que volto a Buenos Aires. Quase sempre estou em um táxi, olhando com atenção pela janela. E então o vejo. Eu o reconheço imediatamente. A cor, a altura, as orelhas. Ele puxa a carroça com cansaço. Uma carroça enorme, desproporcional para o seu tamanho. Peço que parem o carro, desço e corro até ele. O homem que o conduz a chicotadas não entende o que está acontecendo, puxa as rédeas para freá-lo. O cavalo se detém, bufa, vira para mim. Toco a sua cabeça enorme, a minha testa outra vez na testa dele. Uma palma aberta em seu pômulo, a outra em seu peito. Ele é tão enorme e lindo, e estou lhe pedindo perdão.

"Não tenho tempo para bobagens", diz Elena, "não está vendo?"

Ela está coberta de razão, coberta. O que vamos fazer agora?

"Acabou", ela diz, mas há uma mudança sutil em seu ímpeto. "Onde está?"

Seguro o telefone, tento me pôr em seu lugar. O que está me perguntando?

"O cavalo, Leila."

"O cavalo", digo para ganhar tempo, tentando entender esse último pedido. Desesperada, procuro entre as recordações da Argentina um lugar onde haja um cavalo que se possa abraçar.

"Leila..."

"Sim, claro", digo. "Sim. Tem como anotar?"

"Tenho", ela diz, e ouço um barulho que reconheço com perfeição: ela empurra a porta de correr, abre-a. O som muda totalmente. Elena está de pé diante do quintal. "Tenho tudo", diz. "Tudo está pronto aqui. Estou te ouvindo."

William na janela

Viajei a Shanghai alguns meses depois da notícia da doença dele e um pouco antes do início do tratamento. Eu lhe telefonava noite sim, noite não, e ele atendia quando, para ele, era de manhã, preparando o café ou já terminando de tomá-lo, e me perguntava como ia o livro que eu estava escrevendo.

A história versava sobre uma mulher de volta ao trabalho dois anos depois da maternidade, e então sua bebê, furiosa com o repentino desaparecimento da mãe, a rejeitava. Era o pai quem tinha começado a cuidar da filha; se a mulher ousava se aproximar, a bebê se punha a gritar como se a estivessem esfaqueando. Eu contava a Andrés os avanços, mas também dizia *isso vai levar mais tempo do que eu pensava*, ou *ainda tenho que reescrever o quarto capítulo*, e uma vez cheguei a dizer *há um problema com o narrador, é preciso começar tudo de novo*.

Às vezes ficávamos sem dizer nada e ouvia-se o som de seus lábios sorvendo o café.

"É que quero que fique perfeito", dizia eu.

"Muito bem", dizia ele, "leve todo o tempo do mundo."

Mas o que eu entendia era *estou te esperando*, e também *por que você não está aqui neste momento?*

A única coisa que eu tinha feito de forma consciente em Buenos Aires, antes de decidir viajar, era esperar, horrorizada, encontrá-lo morto. Chegar em casa e descobri-lo duro na poltrona, ou me mexer na cama de madrugada, encostar na perna dele com o meu pé e sentir a sua pele fria e rígida. Me assustava a ideia do seu corpo já sem ele, de toda a sua parte física ali na casa, totalmente vazia. Mas sobretudo me assustava a suspeita de que, se Andrés morresse, eu poderia morrer com ele.

"E hoje?", perguntava Andrés. "Como foi hoje a escrita?"

Mais de uma vez, me deu a impressão de que, em sua interpretação da minha história, a mulher era o meu alter ego e ele, o pai que cuidava da menina. Afinal, ele tinha ficado em casa, sozinho e responsável pelo assunto mais problemático. Mas a história da mulher dizia respeito à minha irmã, que tinha já três filhos e dois maridos e ainda lidava com todos em turnos bem organizados. Parecia que, em vez de uma família, ela tinha uma repartição de funcionários públicos, e todo o seu trabalho consistia em entender prioridades e delegar responsabilidades a pessoas que teria preferido demitir. Quando eu perguntava dela a Andrés, ele sempre tinha alguma coisa para contar, porque às quintas-feiras costumávamos cuidar dos gêmeos, e, agora que eu não estava, Andrés continuava recebendo-os e tomando conta deles. Descrevia em detalhes o que tinham feito, o que tinham comido e quais brincadeiras tinham inventado.

"Muito bem", eu dizia.

Eu também usava esse *muito bem*. Mas o meu era uma concessão, um silêncio, um *continue*.

A associação de escritores de Shanghai tinha me arranjado um quarto no quadragésimo segundo andar de um arranha-céu que dava para o parque Zhongshan. Quando falava com Andrés, sentava no parapeito para observar a cidade iluminada do outro lado do vidro. Ele havia dado um google nas ruas que cercavam o meu edifício e tinha encontrado um Carrefour a apenas dois quarteirões, uma cafeteria onde vendiam o tipo de croissant de que eu gostava e um zoológico que até a ele teria interessado visitar.

"Ainda que para isso você tenha que pegar o metrô", ele disse, "imagino que você não queira ficar tão longe do trabalho, né?"

Eu levantava os pés, me recostava no batente abraçada às minhas pernas e apoiava a testa no janelão. Os ramos de arranha-céus se espalhavam para ambos os lados do horizonte. Até mesmo a quilômetros de distância se podiam ver as luzes dos elevadores subindo e descendo, enquanto ele dizia *além disso, a carne subiu de preço outra vez*, ou também *encontrei a tesoura de costura que você tinha perdido, sabe onde tinha deixado?*

De manhã eu ia à Biblioteca Nacional e trabalhava algumas horas no saguão principal. Era uma das poucas áreas do lugar que as pessoas não usavam para comer. Eu teria preferido escrever tranquila em meu apartamentinho, mas ele tinha apenas vinte e três metros quadrados, incluindo o banheiro com a máquina de lavar e o hall de entrada que fazia as vezes de cozinha. Talvez fosse suficiente para a vida de uma pessoa, mas não havia nenhuma mesa de trabalho e a minúscula mesinha para tomar café da manhã era terrivelmente desconfortável e bamba. Não deixava xícaras nem copos sobre ela porque tinha medo de eu mesma derrubá-los ao passar a caminho do banheiro ou voltando para o quarto.

Os outros nove convidados da residência, todos escritores estrangeiros, viviam em apartamentos idênticos espalhados por outros andares do edifício. Já tínhamos nos encontrado duas vezes, no coquetel de boas-vindas e em uma interminável jornada de leituras da associação, na qual intercalaram nossas intervenções com as de outros cinquenta e dois escritores chineses, com breves intervalos para tomar chá e almoçar.

Conheci Mega e Gonçalo nessa primeira jornada, na fila do café. Mega era indiana e tinha a minha idade. Gonçalo era bonito e alto, um português que vivia em Madri e que encarava os seus peitos assim que você deixava de olhá-lo nos olhos. Conversávamos em inglês, e o meu era bem ruim, mas não tinha mais com quem falar, de modo que nesse primeiro dia de leituras passamos todo o intervalo juntos.

Foi no almoço desse mesmo dia, enfim sentados diante de um batalhão de mesas com comida, que conheci Denyse. Era irlandesa e tinha a idade da minha mãe. Usava o cabelo curto e um par de brincos brancos na orelha. Não era exatamente magra, mas suas extremidades eram tão finas que dava essa impressão. Suas mãos e pulsos, incluindo as orelhas, tudo parecia frágil e delicado. Havia começado a escrever já mais velha. Tinha se saído muito bem em seu primeiro romance, que era sobre a empregada sérvia que limpava sua casa. Essa mulher tinha nove anos quando aconteceram os bombardeios dos anos 90 em Belgrado, e parece que havia passado os meses mais duros escondida num quarto sem janelas com mais duas crianças, escrevendo juntos nas páginas de um grande livro de contabilidade, um por vez, um manual de etiqueta para tomar chá. A mulher mantinha ainda algumas páginas desse manual, que foram fielmente impressas no final do romance, com uma foto de Denyse e sua empregada na cidadezinha onde ambas ainda vivem, perto de Dublin. Em seguida tinha escrito mais dois romances, mas não emplacaram. Seu filho Henry, que era o que mais trabalho lhe dera na vida, já havia se tornado independente, mas ela tinha um marido e um gato, e era difícil escrever em casa. Sua editora lhe conseguira essa residência, para que ela trabalhasse numa continuação do primeiro romance. Eu lhe contei sobre a minha história da menina que grita, sobre o meu bairro de Boedo em Buenos Aires e sobre Andrés, mas não disse nada sobre a doença dele. Poucas tardes depois, nos encontramos para tomar um café, e numa outra vez jantamos num restaurante franco-chinês no centésimo sétimo andar, em que traziam o cardápio em uma dúzia de idiomas.

Algumas manhãs depois, quando desci para comprar mais café, cruzei com ela no elevador. Denyse estava com o rosto tão inchado que demorei alguns segundos para reconhecê-la; ela estivera chorando desde a madrugada. Eu a convenci a sentar nas escadas do edifício, onde ela ficou um tempinho em silêncio antes de reunir forças e me contar o que tinha acontecido. Seu gato William tinha catorze anos e havia passado a noite na clínica veterinária. Apenas algumas horas antes é que ele começara a dar sinais de recuperação.

"Eu realmente amo o meu marido", disse, "não é que não o ame. Mas William é tudo o que tenho."

Ela parecia tão consternada que preferi não perguntar mais nada. Fomos juntas ao Carrefour para comprar chocolate Milka, biscoitinhos de água e sal, pão de leite e café. Pagamos três vezes o que esses produtos valiam em casa, mas sabíamos que seriam um bom consolo e, quando voltamos, Denyse já se sentia um pouco mais tranquila.

Duas semanas depois William já estava recuperado. O veterinário disse que alguém o havia envenenado, e seu marido tinha passado os últimos dez dias voltando do trabalho para casa o mais cedo possível para ter a certeza de que o gato continuava melhorando, e em seguida ia de casa em casa, tocando a campainha e falando com os vizinhos. Chamava-se Brian e tinha convicção de que se a pessoa que pusera o veneno lhe abrisse a porta, seria capaz de identificar o ódio dela imediatamente. Estava pronto para falar, ouvir suas razões, analisar desentendimentos e tudo o que fosse necessário para fazer as pazes.

"Assim é o homem com quem me casei", disse Denyse. "No começo, você fica achando que ele é um herói, depois de dez anos, um ingênuo, depois de vinte, um bobo, e então já é tarde demais para se separar."

Perguntei se ela achava que ele conseguiria encontrar o vizinho.

"O problema é que, se ele não encontrar, isso pode voltar a acontecer."

Estávamos fazendo uma breve caminhada pelos roseirais do parque Zhongshan e sentamos por um tempo de frente para um dos jardins.

"Não sou dessas mulheres que têm medo de se divorciar", ela disse. "Se fosse isso que eu quisesse, faria na mesma hora."

Eu não tinha perguntado nada a ela, então também não disse nada.

"Mas o gato é dele. E não posso viver sem o gato."

Foi a única vez que ela disse *gato*, e não *William*.

Contei a Andrés o caso todo e, quando voltamos a conversar, ele já tinha dado um google em Denyse e encontrado uma foto de Brian. Uma entrevista de um jornal local dizia que a mulher sérvia da limpeza continuava trabalhando para eles, e havia até uma foto da casa. William estava sentado na janela, e a cidadezinha na qual viviam se chamava Kilkenny. Andrés me mandou o link e eu fiquei um tempo olhando o gato. Sua orelha mais próxima à câmera estava levantada e atenta, William parecia saber que o fotógrafo estava ali, mas, estoico em sua dignidade, decidia ignorá-lo e cravava o olhar no outro lado.

Denyse tinha começado a fazer algumas anotações sobre a segunda parte de seu romance e eu já tinha avançado três capítulos no meu. A minha personagem continuava afundada em seu calvário. Voltava do trabalho e a menina nem sequer a deixava chegar perto para lhe dar um beijo. Na hora de dormir, só o pai podia levá-la ao quarto, pôr o pijama nela e colocá-la na cama. Se a mãe ousava aparecer, nem que fosse apenas para dar boa-noite com um aceno, a menina começava a gritar de pura fúria. Os vizinhos tinham batido na porta para ver o que estava acontecendo, e depois, angustiados com os gritos que não cessavam, chamaram a polícia, e ela teve que passar duas horas na cozinha respondendo a perguntas de um especialista em violência contra crianças.

"Você acha que é culpa dela?", perguntou Andrés. "Poderia ser uma mulher que não ama sua bebê?"

"Mas se ela não está fazendo nada!"

"Amanhã vão repetir os exames", ele disse.

Disse isso duas noites antes do que aconteceria com Denyse.

"E quanto tempo demoram os resultados?"

"Seis dias úteis."

"Muito bem", eu disse, *muito bem*.

Depois fizemos uma excursão todos juntos, os dez escritores estrangeiros e sete funcionários da associação. Nos levaram em uma perua até Wuzhen. Eu sentei com Mega, a escritora indiana, que me contou que tinha ido para a cama com Gonçalo, mas não tinha sido bom. Agora cada vez que Mega cruzava com ele o via com uma chinesa diferente, e, nas poucas vezes em que estava sozinho, ele lhe dizia *mas sinto sua falta mesmo assim, o que aconteceu me comoveu de verdade*. Ele estava dois assentos mais para a frente e de lá nos olhava e cumprimentava a cada tanto com um sorriso, como que pedindo perdão. Denyse sentou com Alan, um australiano da idade dela que escrevia livros policiais, provavelmente o único de nós que realmente escrevia mais de duas mil palavras por dia e vivia de seus livros. Assim que terminaram a caminhada, o almoço e o cumprimento às autoridades, nos deram uma hora livre antes de voltar, e depois sentei com Denyse em frente a um dos canais e tomamos um café juntas.

Era boa de conversa, e não se incomodava com os silêncios, havia algo em sua calma que me tranquilizava. Eu também achava graça que arregaçasse a camisa do mesmo jeito que a minha mãe fazia. Então suspirei e lhe contei. Não sei por quê, talvez porque não tivesse ninguém mais a quem dizer aquilo. Que Andrés estava doente e que o que me dava mais medo no mundo era que ele morresse, porque se ele morresse, eu podia morrer com ele. Pensei na foto de William na janela de Kilkenny, olhando altivamente de lado; na maneira como, alguns dias antes, Denyse tinha me dito que o gato era dele, mas que ela não podia viver sem o gato. E Denyse pegou a xícara, mas não a ergueu. Ficou assim, segurando-a, como se fosse uma coisa que de repente pudesse sair voando.

"O que você gosta nele?", perguntou depois de um tempo.

Era uma pergunta difícil, mas tive a impressão de que a resposta correta a ajudaria a me dar um conselho. Pensei com cuidado e me veio à cabeça uma coisa pequena, quase engraçada, embora sincera.

"Quando ele vai ao banheiro", eu disse, "ao nosso banheiro em Buenos Aires, dá para ver que ele para em frente à privada e, para fazer xixi, apoia uma das mãos nos azulejos."

Denyse me olhou e assentiu, soltou a xícara.

"Ele tem mãos fortes e másculas, com os dedos longos e a palma quadrada. Gosto dessa marca imprecisa que ele deixa de si mesmo. Me enternece."

Eu sentia alegria ao ver que a marca sempre estava ali, sempre havia uma última impressão renovada, e também que era algo que só eu podia ver, mesmo que fosse apenas em uma hora particular do dia em que a luz me ajudava a encontrá-la.

"É uma coisa que ele faz todos os dias para mim", eu disse, "embora não tenha a menor ideia do que está fazendo."

Denyse assentiu. O meu coração batia com toda força, mas eu não tinha a menor ideia do motivo.

Muito mais tarde, quando, do parapeito, falei com Andrés, quase lhe contei o que havia dito a Denyse. Eu estava com a testa grudada no vidro frio e queria dizer que sentia falta dele. Algo novo e doloroso tinha se instalado no meu peito. Se essa pulsão fosse a necessidade urgente de senti-lo perto, então tudo podia voltar a se organizar: bastava voltar a Buenos Aires no primeiro avião do dia seguinte. Mas ele estava falando dos gêmeos, e eu disse que sim, que *muito bem*. E essa foi a última vez que conversamos até que ocorreu o que quero contar:

Denyse tinha conseguido os ramais de todos os escritores convidados e estava telefonando a cada um deles. Acontece que era aniversário dela e ela queria nos chamar para comemorar em seu quarto.

"Como fazemos?" A ideia me agradava e eu queria ajudar, embora ainda não tivesse conseguido entender o plano. "Jantamos todos no seu quarto? Nem pratos temos!"

Denyse disse que seria como nos velhos tempos de universidade. Cada um levaria os próprios talheres e prato, o banquinho que tinha no banheiro e as cervejas que quisesse tomar. Ela compraria no Carrefour dez bandejinhas de *mac'n cheese* e alguma sobremesa. Tudo o que teria que fazer era esquentá-las de duas em duas no pequeno micro-ondas. Denyse conseguiria uma toalha de plástico para pôr no edredom e sentaríamos ao redor da cama.

"Acha muito infantil?", perguntou.

"Acho ótimo", eu disse. "Não compre sobremesa. Levo um bolo e uma velinha."

Ela aceitou sem pensar. Desci até uma pequena loja que tinha visto nas galerias do metrô, bem em frente ao nosso edifício, onde vendiam bolos de chocolate muito refinados, e escolhi um para ela. Chegamos todos pontualmente. Mega e Gonçalo chegaram juntos, mas praticamente não dirigiram a palavra um ao outro durante toda a festinha. Alan levou um pequeno buquê de flores, que Denyse pôs num jarro com água e colocou na janela. Cada um entregava seus talheres e prato no corredor, que fazia as vezes de cozinha, deixava suas latas de cerveja no freezer, que logo ficou lotado, e entrava com seu banco no quarto, onde tinha que escolher um lugar em volta da cama e se acomodar o melhor possível.

"Por que não fizemos isso antes?", disse várias vezes o poeta dinamarquês.

A eslovena, que era bem mais velha e não conseguia se acomodar em seu banquinho, pediu desculpas e foi embora assim que acabamos a massa. O restante estava confortável, ríamos, mudávamos constantemente de interlocutores, felizes de compartilhar as descobertas e as anedotas dessa experiência em Shanghai. Às vezes um comentário chamava a atenção e se ouvia o silêncio das boas histórias, e de vez em quando alguém levantava em nome de todos e ia até a geladeirinha pegar mais cerveja gelada. Acho que fazia tempo que não participávamos de um evento espontâneo com mais de uma ou duas pessoas, perguntando quem queria mais massa com um grande sorriso e pedindo sugestões de música, que tocava agradavelmente ao fundo.

Eu tinha acabado de comentar com Alan sobre o problema dos pesqueiros chineses no mar argentino quando a coreana começou a contar como sua tia matara a irmã, ou seja, a mãe da coreana, em um acidente doméstico. Os pormenores eram tão suspeitos, os detalhes tão sinistros, que ela acabou capturando a atenção do grupo inteiro. Absortos na descrição de uma pequena cozinha na casa onde tudo tinha acontecido, ninguém reparou que Denyse levantara de seu banco e se afastara para a cozinha. O que eu vi foi a cara de Gonçalo olhando na direção dela, desconfiado. Segui seu olhar e vi Denyse apoiada na bancada do corredor com os olhos grudados no chão. Então levantei, e o grupo foi pouco a pouco ficando preocupado, tentando entender o que estava acontecendo. Eu me aproximei dela e, como ela não reagia, a peguei pelas mãos, ela segurava o telefone na mão direita.

"Era Brian", disse Denyse. "William está morto."

Esperei para ver o que mais ela dizia, mas ficou calada, então a abracei. Afundou seu nariz nos meus cabelos e disse:

"Voltaram a pôr veneno."

Pensei em Brian, e que evidentemente ele não tinha conseguido reconhecer o vizinho a tempo. Mega também se aproximou, em seguida Alan. Alguém desligou a música. Expliquei quem era William e quem era Brian e o que havia acontecido, enquanto o restante dos convidados ia levantando. Denyse tremia e nós trocávamos olhares, acho que ninguém a conhecia o suficiente para saber se o melhor era ficar e lhe fazer companhia ou deixá-la sozinha. Comecei a juntar as bandejinhas sujas de *mac'n cheese*, os guardanapos usados e outras coisas da comida e a levar tudo para o corredor da cozinha. O grupo me imitou. Jogamos as latas de cerveja vazias e espontaneamente cada convidado pegou seus talheres, seu prato e seu banco e foi se despedindo de todos, com um abraço final para Denyse, que o recebia um pouco perdida, sem conseguir falar muito. Alan foi o último a ir embora e então me ofereci para ficar. Denyse negou enfática.

"Preciso ficar sozinha", ela disse.

Eu a compreendi, porque iria querer a mesma coisa. Eu a lembrei de que ainda havia o bolo na geladeira, e que podia ser um bom consolo para quando precisasse. Eu estava alguns andares mais acima, pronta para descer e preparar café na hora que ela me chamasse. Insistiu que estava bem, que preferia chorar em paz e que nos falaríamos no dia seguinte. Ela me deixou no corredor com os dois sacos de lixo e fechou a porta.

No meu quarto, escovei os dentes, pus o pijama e sentei na cama para fazer algumas anotações para o meu romance, antes que eu as esquecesse. A mulher descobriu que, se andasse agachada e miasse feito um gatinho, então a menina a aceitava. Passaria quase meio ano assim, engatinhando pela casa e jantando com o prato no chão, para que a menina começasse a coçar suas orelhas, se deixasse beijar depois e, por fim, a mulher conseguisse ficar de pé sem que fosse de novo metralhada pelos gritos.

Eu estava pegando no sono, pronta para apagar a luz, quando tocou o telefone do quarto. Será que é a Denyse?, pensei, e me estiquei até a mesinha de cabeceira para atender.

"Preciso que venha", ela disse e desligou.

Foi como em um thriller. Breve, concisa, com aquele golpe de tensão final da chamada interrompida, tão dramática que fiquei olhando para o telefone, desconcertada. Reagi alguns segundos depois, concluindo que, sozinha, Denyse continuaria nervosa, e me imaginei lhe preparando o café e cortando dois bons pedaços de bolo. Quem sabe não seria uma boa anedota para recordar anos mais tarde, porque Denyse já me parecia o tipo de amizade que a gente faz sem intenção, mas que depois dura a vida toda. Calcei as pantufas, pus um casaco sobre o pijama e voltei ao apartamento dela.

Bati na porta e ouvi sua voz dizer para entrar. Eu a encontrei ainda no corredor, sentada no chão com as costas apoiadas no móvel da geladeirinha. Pensei que, por mais que Denyse tivesse carinho pelo gato, certamente havia passado por coisas muito mais dolorosas, e me comoveu vê-la capturada por esse outro tipo de sofrimento. Sentei ao seu lado, ombro com ombro, e fiquei ali por um tempo, sem dizer nada. Ela não chorava, dava a sensação de que ainda não estava pronta para chorar.

"Nunca me imaginei dizendo uma coisa dessas, mas tenho que dizer."

Quase digo *muito bem*, afinal, que outra coisa eu poderia dizer, não tinha a menor ideia do que ela estava falando.
"William está no apartamento."
"Em qual apartamento?"
"Aqui."
Esperei, caso eu não tivesse entendido direito.
"Posso ouvi-lo", ela disse.
Tudo bem, pensei, está em choque. Resolvi preparar um pouco de café e ensaiei levantar, mas ela me segurou, me pegando pelo pulso.
"Sou racional e madura o suficiente para entender que isso não pode estar acontecendo", ela falava com toda clareza, séria. "Mas se estou ficando louca, preciso que alguém fique comigo."
Assenti.
"Porque você não o escuta, certo?"
Antes de responder, por respeito, prestei atenção por alguns segundos ao silêncio do quarto. Depois disse que não.
"Mas o que é que você está ouvindo?", perguntei. "Um miado?"
"Os arranhões dele."
Ela levantou o dedo, mas sem conseguir apontar para nenhum lugar em particular, acabou por encostá-lo nos lábios.
"Ali. Está ouvindo?"
Neguei.
"William escarva com as unhas devagar, assim, é o jeito dele. No meu travesseiro, por exemplo, quando estou para adormecer. Aí, outra vez!"
Voltei a negar.
"Crepitante, como aqueles sacos com microbolhas de plástico que dá tanto prazer em estourar. É ele! Está ouvindo?"
Voltei a negar e ficamos esperando um pouco. Queria prestar toda a atenção, porque talvez houvesse algum outro ruído que, em seu desespero, ela associasse a William. Mas eu não encontrava nenhuma pista.

"Vou preparar um pouco de café, que tal?", ofereci.

"Alguma vez já aconteceu com você? Ficar assim, um pouco louca?"

Levantei e ela não me reteve. Sabia, por causa do meu próprio apartamento, onde ficava a pequena cafeteira elétrica e como utilizá-la, e encontrei um pacotinho de café sobre a bancada. Fiquei pensando em sua pergunta, cheguei a me sentir assim alguma vez? Abri a torneira. Queria me lembrar de alguma ocasião, mas nada me vinha à cabeça.

"Você falou com Brian outra vez?"

"Trocamos algumas mensagens. Tenho a impressão de que ele não está pronto para falar. Deve inclusive se sentir culpado por não ter encontrado o vizinho."

Enchi o filtro de café e acendi o botão vermelho.

Então ouvi. Claro e crepitante, um arranhão lento sobre uma textura suave, como centenas de microbolhas explodindo no ar. Fiquei imóvel com as duas xícaras de café nas mãos. Denyse deu um pulo e ficou logo de pé.

"William", ela disse. "Você também está escutando."

"Sim."

Meu coração batia tão forte como quando contei a Denyse sobre a marca que Andrés deixava no banheiro. E se William realmente estivesse no quarto conosco? E se a marca de Andrés nunca tivesse estado ali, e eu a tivesse imaginado? E se Denyse tivesse inventado tudo e não houvesse gato, nem filho, nem marido? E se Andrés já estivesse morto, mas ninguém tivesse conseguido me avisar? E se eu também estivesse louca e agora perdesse totalmente o controle da minha vida? E se eu realmente morresse se Andrés morresse, mas sozinha e a dezenove mil quilômetros de distância?

Senti a mão de Denyse na minha. Estava de pé em frente a mim, tirou as xícaras das minhas mãos e as deixou sobre a bancada. O café começava a sair, e ela o desligou na mesma hora, para que nada interrompesse o chamado de William. Senti um medo frio, cortante. Quando o arranhão voltou a soar, Denyse soltou um grito. Agora que eu também o escutava, ela estava tão assustada quanto eu. Nos movemos juntas para o quarto, olhávamos as paredes sem soltar a mão uma da outra. Dois arranhões mais, longos e poderosos, pareceram subir para o teto e se afastar para a porta. Agora estava no corredor, então ficamos imóveis, olhando na direção da cozinha com as pernas encostando na beira da cama.

"E se a gente ligar para o Alan?", perguntei. "Ou para a Mega?"

Denyse fez que não.

"Para o Brian?"

Pensei em Andrés, e me assustou tê-lo descartado logo de cara, embora ele fosse o único entre todos que estaria acordado àquela hora e que certamente atenderia o telefone.

"Se William está aqui", disse Denyse, e deixou-se cair na cama, "ele tem alguma coisa para me dizer."

Sentei ao lado dela. Ela acariciava mecanicamente a minha mão, o olhar cravado em alguma parte desse estreito corredor do apartamento trinta e nove de um edifício de Shanghai, onde de repente o mundo tinha se aberto a uma nova dimensão.

"É assim que tudo o que não entendo parece", ela disse. "Como a madrugada em que nasceu Henry, que demorou dois minutos e três segundos para respirar pela primeira vez. Assim, exatamente assim."

Eu sentia um coração bater em meus ouvidos, mas era o meu ou o dela?

"A loucura te assusta, te distrai, mas é preciso olhá-la com atenção."

O arranhão desceu do teto à bancada da cozinha, e Denyse fechou os olhos. Murmurava em silêncio para si mesma enquanto o som voltava a se mover em nossa direção. Parou bem quando ela abriu os olhos. Agora nós duas olhávamos a mesma coisa, o lugar por onde parecia ter entrado: a pequena geladeirinha branca com seu próprio coração mecânico galopando a toda velocidade para manter em seu minúsculo freezer as poucas cervejas que restavam. Dei um pulo, abri a porta e quando agachei o frio atingiu a minha cara. Uma só lata ainda estava de pé, as outras cinco, caídas e estouradas, borbulhavam desesperadas.

Mostrei-as a Denyse. Ela se aproximou com medo, mas relaxou quando viu as cervejas. Pensei se seria necessário explicar alguma coisa, mas vi em seus ombros caídos, em sua repentina exaustão, que ela entendia.

Assentiu, e eu assenti também, aliviada.

"Foi embora", ela disse.

Esvaziei a geladeirinha e levei comigo as cervejas. No momento em que fui lhe dar o último abraço, Denyse finalmente começou a chorar.

No meu apartamento, acendi todas as luzes e abri a minha própria geladeira. Queria confirmar o que havia dentro e fiquei aliviada em encontrá-la vazia. Sentei no parapeito e telefonei para Andrés para lhe contar o que tinha acontecido. Ele demorou a se acalmar e a parar de fazer perguntas, ficou assustado com a hora em que telefonei e com o fato de eu não parar de falar de Denyse. Perguntou várias vezes se eu estava bem e se não tinha mesmo acontecido nada além daquilo que eu estava contando.

"É só isso", eu disse.

"Muito bem."

E então percebi que não, não era só isso. Eu estava escondendo o mais importante. Que o gato tinha morrido, mas ela ainda estava viva.

"Ela vai sobreviver", eu disse.

"Claro que vai."

E é difícil explicar como, mas isso é, na verdade, o mais estranho que aconteceu naquele verão em Shanghai. Em algum ponto da conversa eu tinha me separado da janela, tinha desgrudado a cabeça do vidro, o meu corpo inteiro, dessa noite que nos separava, e estava de pé no pequeno banheiro do apartamento, segurando o telefone contra o meu ouvido, justo na frente da privada.

"O que foi?", perguntou Andrés.

Eu queria continuar dizendo que nada, que estava tudo bem, e que pegaria o avião de volta no dia seguinte. Mas estava olhando a marca, a impressão de sua palma aberta nos azulejos, sua oferenda diária que era só para mim, agora do outro lado do mundo. Sentia nos meus ouvidos o ruído, crepitante feito borbulhas ao meu redor, e então eu o vi. William na janela de Kilkenny, ereto e atento, por fim virando para mim, me reconhecendo e me presenteando com a certeza do seu olhar.

O olho na garganta

O meu pai atende o telefone. Ele tem vinte e sete anos e, como faz todo mundo nos anos 90, pega o fone sem saber quem está ligando. As pessoas telefonam e dizem sou eu, Carmen, ou sou da agência dos correios, ou dizem bom dia, queria confirmar seu horário. Mas, à noite, se o telefone toca e o meu pai atende, ninguém responde. Ele espera com o fone na orelha até que cansa de ficar assim sem fazer nada ou de fazer perguntas em vão, ou até mesmo, às vezes, de soltar uns palavrões. Baixa o fone sobre o aparelho e, embora o clique mecânico dê por encerrado o assunto, pressente que há algo mais. O silêncio que lhe telefona todas as noites fica grudado nele ao longo do dia, e ele não consegue parar de pensar em Morris. Nele e nas três ilhas de bomba de gasolina do posto de serviços de General Acha, as mangueiras penduradas nas argolas, as luzes noturnas dessa YPF* da interminável estrada do pampa argentino. Para o meu pai, o silêncio é um aborrecimento traiçoeiro,

---

* Yacimientos Petrolíferos Fiscales (YPF), empresa do ramo do petróleo criada em 1922, a primeira grande estatal argentina e pioneira latino-americana de grande porte na exploração do óleo. (N.T.)

e os telefonemas, um longo enigma que lhe acompanharia por quase vinte anos.

É uma época em que poucos artefatos domésticos são capazes de funcionar sem cabos. Oculto dentro da bateria, e a bateria, por sua vez, oculta em pequenos compartimentos plásticos, o lítio é um elemento imperceptível e encapsulado, pulsando em silêncio em centenas de milhares de corações metálicos aos quais ninguém está prestando a atenção que deveria. As pessoas se esquecem deles, e, sem bateria à vista, neste bairro de El Bolsón e em todas as cidades do mundo, essa nova forma de energia parece um milagre singelo.

Para que o telefone não toque, antes de ir dormir o meu pai desconecta o aparelho e volta a conectá-lo no dia seguinte. A família inteira vela pelo meu sono, assim como os médicos e a mulher que vem fazer a faxina. Como o menino passou a noite? Dormir é perigoso. Relaxa a minha laringe aberta, os músculos ainda fracos, tendões que nunca mais se curaram. Se me sufoco, acordo. Mas o que é, na verdade, que me sufoca?

Às vezes a minha mãe atende e a chamada se interrompe imediatamente. Quando por algum motivo o meu pai se esquece de desconectar o telefone e ele toca, sabemos que toca só para ele. E o meu pai, que é representante de vendas e cujo trabalho consiste sobretudo em ler na cara das pessoas coisas que as pessoas não sabiam que tinham escritas, fica escutando esse silêncio sem cara com o fone um bom tempo na orelha, aterrorizado pelo próprio desconcerto.

Quase seis meses antes de começarem os telefonemas, tenho dois anos e estou sentado diante da tela de uma Grundig na sala da minha avó paterna. Enquanto me distraio, engatinho e ando cambaleando, investigo cada objeto com que me deparo, toco tudo o que esteja ao alcance das minhas mãos. A qualquer pessoa que esteja cuidando de mim, a minha mãe diz "por favor, preste atenção". Inclusive diz isso ao meu pai nesta tarde, duas vezes, antes de nos deixar na casa da vovó. Os desenhos animados ecoam na sala e me entretêm só de vez em quando. Da sala de jantar, o meu pai conversa com a vovó sem deixar de controlar o que estou fazendo, sempre atento aos meus movimentos, à minha constante conversa com as coisas que me rodeiam.

Quando não entendo com clareza a função dos objetos, eu os chupo, mordo, bato uns contra os outros. Os chinelos contra o controle remoto da televisão, o controle remoto contra a calculadora da estante, o relógio da vovó na boca e, antes de largá-lo no chão, eu o bato algumas vezes no tapete. Os objetos para os quais consigo encontrar uma função, esses, sim, me acalmam. As bonecas russas da prateleira inferior se desmontam, vão uma dentro da outra, voltam a se fechar. É complexo encaixar as peças, mas há um desejo de plenitude nessas formas capazes de se separar em dois, e em seguida outra vez se unir, que me fascina ainda mais que os números digitais da calculadora ou a tela da Grundig.

Basta um longo silêncio para que o meu pai vire para trás. Sentado em frente à televisão, rodeado de objetos espalhados pelo chão, descubro que ele está assustado. Levanta, vem na minha direção num pulo, afinal o que acontece não é uma birra, isso é o que ele compreende num piscar de olhos. Não é aquele silêncio que antecede o choro. Ele vê a minha cara, vê como inflo as bochechas até ficarem vermelhas, alguma coisa está acontecendo. Ele demora alguns segundos para entender que estou me sufocando, que não consigo respirar. Fecho uma de minhas mãozinhas em punho e bato na boca desajeitadamente.

"O que você fez?", me pergunta.

Tenta abrir o meu punho, a minha boca. Eu escapo, ele me pega. Força os meus dedos para me fazer abrir a mão. De repente engulo, engulo alguma coisa, e o meu pai me olha com terror.

"O que é isso? O que você engoliu?!"

Meus olhos se enchem de lágrimas.

"O que você engoliu?"

"Nada", digo.

A minha voz é tão doce que parece sincera, a recordação dela interrompe tudo cada vez que volta. Um som que me pertence, mas está quebrado. Ação e consequência, cena após cena, a partir de agora o meu pai e eu nos lembramos de tudo com a nitidez de um alarme que ninguém mais poderá desligar. Digo "nada" e me comove o milagre da minha língua tocando o céu da boca, o ar descendo pela traqueia até os pulmões e a vibração das minhas cordas vocais.

O meu pai me segura e eu deixo, ainda confio nele. Abre a minha boca porque quer olhar dentro, quer acreditar que não tem nada ali, nem agora, nem um momento antes, mas ele precisa ter certeza.

"Diga a verdade, é importante", ele fala. "Você engoliu alguma coisa?"

Digo que não.

"Não engoliu nada?"

Parece uma pergunta diferente, mas intuo a armadilha e dou a mesma resposta.

Em El Bolsón, e em todas as cidades do mundo, nesta época em que quase tudo o que funciona está unido por cabos às paredes, não existe um lugar para o qual possamos telefonar para a mamãe. Se queremos saber a opinião dela, é preciso esperar que ela chegue. O meu pai pensa "o garoto está bem", "o garoto está bem", é um mantra silencioso batendo por dentro das têmporas. Sentado, mas destruído, exausto de tanto imaginar o pior, ele se acalma registrando como volto a me distrair, brincar, rir, pegar o gomo de mexerica que ele deixa na minha frente, eu o levo à boca e o engulo sem nenhum problema. Apenas à noite, já em casa e depois de jantar, começo a tossir. Mais tarde, deitado na cama, acordo com ânsia de vômito, e então, por precaução, "vai que", diz mamãe, e "melhor prevenir", pensa o meu pai, me levam ao pronto-socorro. Um médico me ausculta. "Parece que está tudo bem", ele diz, sorrindo para mim com simpatia, "voltem se houver sintomas." Ele me aperta uma bochecha. "Ou amanhã, se ele não eliminar nada por via fecal e os vômitos continuarem", ele diz já na porta do consultório, procurando com o olhar o próximo paciente.

Com um garfo, mamãe amassa minuciosamente cada uma das fezes. Ela me ausculta como viu o médico fazer, mas com os ouvidos. Grito de prazer por causa das cosquinhas desta orelha gelada na barriga, no peito e nas costas, e, entre uma risada e outra, continuo tossindo. Mamãe, que aprendeu que cuidar é entender o que fazer e por que é preciso fazê-lo, me ausculta várias vezes com a angústia de não saber o que é que está procurando. Fica aflita. Precisa de uma segunda opinião. Para ir ao clínico geral esperamos até o dia seguinte, e no dia seguinte mamãe obtém o mesmo diagnóstico.

Na manhã do terceiro dia, amanheço afônico e com um pouco de febre, à tarde começam as dificuldades respiratórias. Mamãe liga para o hospital, desta vez os médicos se preocupam. Vomito na sala de espera, me atendem diretamente na sala de raios X. Um médico pendura a radiografia na frente da minha mãe, sobre uma caixa luminosa. A placa é de um preto denso que mal revela os ossos torácicos e as sombras de alguns órgãos. No centro, suspensa entre as clavículas, há uma circunferência branca e perfeita, tão cheia de luz que as lâmpadas da caixa vibram através dela. É uma centelha que o médico aponta com preocupação, bem abaixo da minha garganta: pequena, chata e redonda. O meu pai não para de pensar nela quando, depois de nos levar para casa, vai à casa da vovó e revisa todos os objetos com os quais estive brincando. Ele abre e fecha o relógio digital da bancada; abre e fecha o compartimento das pilhas do controle remoto da Grundig; abre, mas não fecha, a tampinha traseira da calculadora. "Como você sabia que não estava funcionando?", pergunta a minha avó, que liga os pontos com rapidez e entende por que o filho fica ali parado sem dizer nada.

A cento e vinte e dois quilômetros de El Bolsón, em Bariloche, uma cirurgia é agendada por telefone para o dia seguinte. Viajamos de madrugada para estar no hospital na primeira hora. Já na internação, há alguns minutos em que fico sozinho. Talvez seja a primeira vez que fico sozinho em um lugar que não é o meu quarto ou o da vovó. Estou deitado em uma maca, no corredor que leva à sala de cirurgia. A enfermeira responsável notou que não está com as planilhas médicas e volta por um momento para buscá-las. Não estou assustado. Olho o tubo de luz do teto, tão espetacularmente longo e cintilante. Estou consciente de que faz alguns dias que quase não falo, mas sei lá eu o que é normal e o que não é. Um menino na televisão disse ontem que há dentes falsos que caem para que saiam os verdadeiros, talvez a gente também pare de falar antes que as primeiras palavras verdadeiramente adultas cheguem. Talvez todas as crianças da minha idade passem, cedo ou tarde, por um corredor assim, e esse tubo alto e longo tenha uma função específica sobre o meu corpo. Talvez, como dizem os médicos, a questão seja esperar.

Uma anestesia me põe para dormir, um cirurgião e dois assistentes realizam uma perfuração traqueoesofágica e retiram a bateria. A umidade interna do corpo pôs em andamento a corrente da pilha, que perfurou o esôfago com uma queimadura escura e profunda. O lítio, oculto em seu coração metálico, foi liberado. As cordas vocais estão danificadas e há lesões na laringe, por causa do refluxo. Consertam o possível, fazem minuciosas anotações, prescrevem medicamentos. Depois de uma segunda intervenção, fico entubado. Passo três dias na UTI. É preciso baixar com urgência os níveis de toxicidade irradiada aos órgãos conectados ao esôfago. Mamãe anda de um lado para o outro da minha cama. Não consegue sentar, não consegue pensar. Como as sequelas na laringe foram graves, e os problemas respiratórios continuam, decidem fazer uma traqueostomia em mim.

Acordo seis horas depois e as minhas mãos vão direto para a garganta, embora o que coce tanto esteja um pouco mais abaixo. Eu procuro, apalpo, toco e descubro o plástico. Uma protuberância aberta que agora é parte do meu corpo. Pedem-nos paciência, nos liberam. Para a transferência a Buenos Aires, as coisas terão de ser resolvidas com antecedência, de casa.

Tudo foi feito tarde demais, ninguém diz isso, mas todos sabem. Enquanto crianças da minha idade começam a brincar com palavras mais complexas, descobrem a força do tom e o luxo dos silêncios intencionais, eu perco para sempre as poucas palavras que havia aprendido. Não choro, não estou assustado, não entendo as consequências e ainda há muitas coisas deste mundo que me maravilham de curiosidade.

Gosto que me deem banho. Gosto que meu pai sente nesse banco diminuto que lhe foi designado por mamãe e que dali me segure sobre a água para me ensinar a flutuar. Apesar do esforço de ambos, ainda não conseguimos, embora isso seja algo que nós três ainda acreditamos ser possível. De modo que eu, sustentado pelas palmas de suas mãos, continuo tentando inflar a barriga de ar. Tudo o que ele teria que fazer é me soltar, e mesmo assim não consegue, não se acostuma ao seu tormento: o meu pai mudou. Esquiva-se dos meus olhos, com o cenho franzido se concentra na protuberância plástica da traqueostomia. "Não pode entrar água", ele pensa durante o banho, e no escritório pelas manhãs, e no supermercado antes de voltar para casa, e no carro quando está para sair, "não pode entrar água". Ele segura o meu corpo, que boia sobre suas palmas, evita o meu olhar, que diz: "Por favor!", "Por favor!", "Por favor!". Eu quero que me solte, e ele não sabe como. Perdeu certa capacidade cujo circuito está conectado também ao abraço. Não consegue me soltar nem me segurar. Tenho o mesmo tamanho de uma semana atrás, mas há algo em seus abraços que já não me reconhece, algo que está desajustado. "O que foi, papai?", "O que foi?", "O que foi?". Quero saber, sempre pergunto, é a minha garganta a que não pode executar os sons. É como se o espaço da casa toda entrasse por esse buraco. É preciso ser capaz de comprimir o ar para que o silêncio soe como alguma coisa, mas estou tão aberto que às vezes me confundo, estou dentro ou estou fora? Um corpo assim, furado, continua sendo um corpo? Na verdade, dá no mesmo, o problema não é que não consigo falar, o problema é que se não falo, ele não me olha.

Mamãe percebe o que está acontecendo, ou o que não está acontecendo mais, entre mim e meu pai. Mas o que ela pode fazer? Desde o começo, desde o dia em que larguei as paredes e tive coragem de andar sem me segurar em nada, corro para o meu pai. Busco a loucura desse prazer intenso que começa com ele me segurando de barriga para baixo com um pé só, com toda a energia de sua mão agarrada ao meu tornozelo; ou atacando as minhas costelas com os dedos; ou grunhindo com seus lábios apertados contra a minha barriga, tão forte que a vibração de suas cordas vocais me faz tremer todo por dentro. E um momento antes desse prazer intenso, a dramatização conjunta: meu pai, que me descobre no colo de mamãe ou abraçado às pernas dela e me olha com rancor, ofendido. Eu, que grito de prazer e penso "começou!", "vai acontecer!". E então ele solta seja lá o que tiver nas mãos, deixa cair tudo no chão, se agacha e escancara os braços para mim. Ele me treinou nesse desespero de correr para ele. Fiz uma anotação física e mental que diz: "Qualquer coisa que aconteça, ele vai me salvar", "Qualquer coisa que aconteça, ele virá seja lá onde eu estiver e vai me salvar". E guardei a anotação entre o coração e a coluna vertebral, bem ali, onde está tudo comprimido.

Dói em mamãe a minha preferência, embora tudo que me faz feliz a faça feliz também, como tudo o que me faz sofrer a endurece. Agora que não existe mais nenhuma dramatização, que os abraços do meu pai estão desajustados e já não podem me soltar nem me segurar, mamãe tenta falar com ele. À noite, ela senta na cama e diz "o que você tem?", "onde está com a cabeça?". Ela pergunta com dureza, com a mão segurando uma contratura que desce da nuca e se espalha em direção aos ombros. Anda desse jeito também de manhã, quando prepara o café. Com os dedos no pescoço e o cotovelo apontando para o céu, mamãe parece um boneco pendendo de sua própria mão. Andará assim todo o verão, somente no fim do outono aprenderá a ignorar a dor, e no inverno deixará ambos os braços caírem para os lados, as mãos soltas mas dispostas, ocupadas o suficiente para não revelar nunca sua resignação.

Meio ano depois cabeceio de sono na minha cadeirinha do banco traseiro do carro. Meus catorze quilos e duzentos cruzam o deserto até Buenos Aires a toda velocidade. O meu pai dirige. Está cansado, e a viagem acaba de começar. Mamãe se distrai com a fotografia muda e sépia da paisagem, sente-se tranquila dentro do carro. Qualquer espaço fechado, meticulosamente inspecionado por ela, é zona livre de ameaças.

No Hospital Italiano de Buenos Aires é feita a terceira cirurgia. De todas as vezes que estarei exposto ao centro cirúrgico, quatro no total ao longo dos meus primeiros seis anos de vida, esta será a única em que realmente terão esperança. São pais aos quais ainda falta informação para entender o que está acontecendo. Acreditam que um corpo jovem será capaz, com o tempo, de se restabelecer, e é essa única ilusão, e nada mais, o que os mantém juntos.

Instalam-se em um quarto de hotel a alguns quarteirões do hospital e descansam por turnos para que sempre tenha alguém comigo. Continuo tranquilo, porque qualquer novidade me alegra, e desconheço as consequências desse desastre compartilhado que só cresce. Produzo ruídos em vez de pronunciar palavras, presto atenção em cada detalhe físico quando as pessoas falam, copio tudo com devota precisão.

"Está entendendo?", o meu pai me pergunta algumas vezes, sentado ao lado da minha cama. Ele não olha para mim nem espera respostas. Em voz alta, lê livros infantis, o jornal, artigos de revistas. Às vezes fica em silêncio, ou dorme. Quando me olha, eu rio. Quando fala comigo, eu rio. "Me ame", "Me ame", "Me ame", penso. Não pode me escutar. O estado de alarme do meu pai ficou aceso e abafa qualquer outro som. Eu teria que poder perguntar "o que você tem?". "Onde você está?" "Estou bem." Como não consigo falar, contorço o meu corpo, a minha cara, os meus gestos. Ele desconhece minha linguagem corporal aprimorada, e meus ruídos pela traqueostomia o deixam consternado. Acorda e levanta a cabeça de repente, não parece que acabou de voltar de algum lugar, mas sim que não consegue acreditar que ainda está no mesmo lugar. Sorrio, rio, mas o meu bom humor também o martiriza.

Assim que nos dão alta, entramos no carro de novo para voltar a El Bolsón. É um longo trecho de mil e setecentos quilômetros a que fomos nos acostumando, atravessamos La Pampa todo verão para visitar os meus avós maternos, que vivem em La Plata. No posto de serviços de General Acha é preciso encher o tanque de qualquer jeito. Porque nos anos 90, além de todos os cabos estarem conectados às paredes, a gasolina rende pouco, os carros consomem muito, e esse é o último posto até Neuquén.

Pouco antes de pararmos para abastecer, começo a bocejar. Para os meus pais isso não é um evento qualquer, é um milagre. Porque embora eu consiga adormecer no carro, e de fato, uma vez que me renda, possa dormir por horas, tem alguma coisa no ronronar do motor que, em vez de me relaxar, me agita e me impede de me entregar ao sono. Então mamãe faz uma coisa que ela adora: inclina o encosto do banco e se arrasta até o banco traseiro, me tira da minha cadeirinha, senta em um lado e me deita em suas pernas. O meu pai costumava advertir, "é perigoso". Ele dizia isso uma vez, depois outra, até que ela me prendia de novo na cadeirinha e voltava ao banco do passageiro. Mas parece que o meu pai não sabe mais distinguir o que é perigoso do que não é. E como ninguém reclama de nada, ela cobre nós dois com a minha manta amarela e ficamos juntos no banco traseiro. Eu me mexo para um lado e para o outro, parece que vou acordar. O cansaço da minha mãe é um fardo tão pesado que compete com seu instinto de proteção. Ainda me segura, mas quase parece que poderia me soltar, mergulhar em seu sono e me deixar cair. Não é o que ela faz, aguenta, me abraça, e em algum momento desta interminável linha reta da rodovia 152, "oh, milagre, até que enfim", pensa a minha mãe, adormeço profundamente.

Quando chegamos ao posto de serviço já é noite e há fila para as bombas de gasolina. É uma sexta-feira na alta temporada e entre os barulhos de portas abrindo e fechando, gente falando e telefonando, os meus pais fazem todo o possível para eu não acordar. Bem devagar, mamãe se afasta, me põe deitado no banco e me cobre com a manta amarela: dos meus pés, que estão sempre frios, até a cabeça, para que as luzes da estrada não batam nos meus olhos.

Ela se debruça para a frente e sussurra:

"Quer um café?"

O meu pai vira e fica olhando para o cabelo dela, que cai solto e comprido sobre o peito. Depois desta viagem, ela o terá sempre curto, deixará de dividir com ele a cama para dormir em um colchão no chão, ao meu lado, e o pressionará com demandas impossíveis até que a ele não reste alternativa a não ser aceitar a separação.

O meu pai está tão exausto que demora a responder.

"Sim, um café então", sussurra mamãe, o que significa que já escolheu alguma coisa para ela.

Ele a observa descer do carro com cuidado e afastar-se, até que buzinam para avisar que é a nossa vez. Ele pensa: "Você só precisa voltar e ligar o motor e mover o carro até as bombas de gasolina". O cansaço físico que sente é escuro e ameaçador.

Um homem alto anda entre os carros, cobrando. Um tempo depois, procurando informações sobre ele, o meu pai ficará sabendo pelo jornal local que tem quarenta e seis anos e que seu sobrenome é Morris, que herdou este posto da YPF inesperadamente, de um tio que não sabia que tinha, e que desde então tudo o que tem feito é andar entre as bombas de gasolina. No fim, declara Morris no jornal local, tudo se resume ao mesmo impulso: intuir qual o ciclo da roleta e focar nisso. Se nas horas de pico ele se ocupa das bombas, à noite, em compensação, deixa o posto nas mãos da esposa e se dedica a marcar seus cartões de loteria. Não importa se são bombas de gasolina ou fichas coloridas, é preciso estar preparado e prestar atenção. Duas coisas que as pessoas confundem, esclarece Morris, e que não são o mesmo.

O meu pai acha que esse é o homem que sempre telefona, porque tudo começa no dia seguinte a esta primeira vez que conversam.

"São vinte e sete pesos", diz Morris.

Tira a mangueira do tanque do carro, pendura-a na bomba e fica olhando para o meu pai. Papai é dos que se abaixavam para abrir eles mesmos a portinha do combustível, está a apenas alguns metros de Morris e vasculha os bolsos buscando o dinheiro, mas não encontra. Pressente a impaciência do outro, pensa que tem que estar em sua calça ou no casaco ou no bolso da camisa. Monitora o próprio cansaço e pensa: "Calma, você só precisa encontrar o dinheiro". No fim tem que voltar a entrar no carro. Procura a carteira na porta do motorista, no porta-luvas, na sua mala. Encontra-a entre os bancos da frente. Quando volta, Morris o está esperando com os braços cruzados. Olha para os lados como que controlando as outras bombas, a voz mudada:

"Acha bom que tenha gasolina, né?"

O meu pai não entende o comentário.

"Pois eu acho bom que tenha o dinheiro à mão", diz Morris, e o meu pai vê que ele masca algo que não parece ser chiclete. "Por que sou sempre eu quem tem que ficar te esperando?"

O meu pai fica desconcertado. Então isso já aconteceu outras vezes? E por que esse homem se lembraria dele? Será que foi na ida para Buenos Aires? Será que se lembra do menino da traqueostomia? O meu pai avança alguns passos para lhe dar o dinheiro e em seguida volta para o carro sem se despedir.

Mamãe ainda não retornou, de modo que papai estaciona ao lado da fileira de álamos e desce para fumar, enquanto, com o olhar, acompanha Morris, que se move rápido entre os carros.

Há funcionários responsáveis pelas bombas, mas é só chegar a vez de alguém pagar para que Morris grude na pessoa com o cenho franzido e sem dizer uma palavra. São os clientes que têm que dizer boa noite, muito obrigado e tchau. Morris apenas pega o dinheiro e assente.

O meu pai se apoia no carro e procura mamãe em volta. Durmo do outro lado do vidro, esticado no banco com os pés quase encostando na cadeirinha, e ele me encontra assim, todo embrulhado, coberto quase por inteiro. Embora a minha cabeça continue coberta, a minha mãe afastou cuidadosamente a manta na altura da traqueostomia: nada deve bloquear a minha respiração. O que comove meu pai é o meu nariz, que mal aparece. Ele repara em mim, e depois de muito tempo soletra o meu nome com a mesma intensidade do dia em que o escolheram: Elías. Eli. El. Acha que meu nariz é idêntico ao de sua mãe, e se lembra de como eu o franzo, quanto o franzo, o tempo todo, a todo momento; franzo o meu nariz e ele sabe que estou quase rindo. Pensa nisso, e pensa em seu cansaço galopante e no esforço enorme que tem que fazer para não começar a chorar.

Quando mamãe retorna com dois copos de plástico, ele decide ir um instante ao banheiro.

"Mas o café vai esfriar..."

O meu pai cruza com Morris, que sai da cafeteria contando dinheiro. Entra no banheiro e tenta demorar o menos possível, porque agora faz tudo assim: distraído, mas sem demora. Mija e lê nos azulejos do mictório uma mensagem que alguém escreveu em vermelho: POR FAVOR, TELEFONEM. Lê o número uma, duas, três vezes, e quando por fim decide voltar, quando passa pelas pias e fica um segundo se olhando no espelho, ouve uma voz que o desconcerta. "Estou louco?", pensa, porque a voz da mamãe ressoa no banheiro e diz: "Com licença, tem papel?". Mas é só a cabeça dele funcionando devagar demais. A voz na verdade chega do outro lado do espelho, e outra mulher responde em seguida: "Tem papel, sim, sim, dê uma olhada na mesinha da entrada". Agora que sabe que ela não está esperando por ele, o meu pai abre a torneira, põe as mãos debaixo da água e se entrega à corrente. Fecha os olhos por alguns segundos, lava o rosto, fica um pouco mais com as mãos embaixo do jato. Tem que tirá-las da água para conseguir abrir os olhos, voltar a si e sair.

Esperam um ao outro na porta dos banheiros, talvez seja a última vez que se esperam. Na verdade, é o meu pai quem espera. Está ao lado da saída do banheiro feminino, de olho no carro reluzente entre os álamos. Por um momento fica na dúvida, será que a minha mãe me deixou sozinho no carro? Mas ela sai do banheiro em seguida e eles voltam em silêncio. O meu pai abre a porta evitando qualquer barulho que possa me acordar. Vê que a minha mãe tenta entrar outra vez atrás, e não no banco do passageiro. Solta um psiu. Sussurra:

"Deixa ele quieto." Quer prolongar o milagre do meu sono. "Passa para a frente."

Mamãe sabe que ele tem razão, hesita, mas aceita, muda de porta, abre a da frente, senta e a fecha devagar, me vigiando pelo espelho retrovisor. Será que essa manta amarela é quentinha o suficiente? Será que é seguro me deixar dormir assim? E se o tecido pressionar bem onde está a traqueostomia? Mas ela ouviria eu me mexer, conhece a minha respiração em todas as suas sutilezas, e o silêncio é o melhor sinal, sobretudo durante a noite. Quando fecha a porta, a luz do teto se apaga e a manta amarela se escurece, me afastando momentaneamente de suas preocupações. O meu pai liga o motor e já estamos outra vez em marcha. Eles tomam o café, ouvem as notícias bem baixinho, sussurram indignados alguns comentários. Então desligam o rádio e depois de um longo, longuíssimo silêncio, e pela primeira vez na viagem, a minha mãe, por fim, se rende:

adormece. É um alívio para ela e um grande alívio para o meu pai. Na estrada, quando o silêncio se estende por tanto tempo, ele lamenta ser o único que não pode dormir, mas agradece ao menos este longo descanso em que pode estar sozinho.

Algum funcionário da província de Buenos Aires, em poucos anos, mandará tirar as imensas esculturas instaladas a cada cem quilômetros em ambos os lados da rodovia. Há sete delas ao longo do primeiro trecho reto e interminável. À noite, iluminadas pelas luzes de um tráfego esporádico, é difícil reconhecer nessas grandes latas-velhas retorcidas os carros que alguma vez foram. O sobrenome das famílias que os conduziam figura embaixo, em branco sobre uma chapa azul, com o número de vítimas fatais em vermelho e uma advertência: NÃO DURMA. Nos anos 90 a campanha de prevenção ainda é eficaz, e embora o meu pai não diminua a velocidade, certamente volta a ligar o rádio o mais baixo possível para se manter acordado. Às vezes me vigia pelo retrovisor. De onde está, não consegue ver a ponta do meu nariz, mas recordá-la lhe basta. Segura o volante com uma só mão, que de vez em quando muda pela outra, um gesto que se alterna sem cessar. Às vezes suspira, profundamente.

Mamãe acorda no cruzamento com a rodovia 24, quase uma hora depois. Leva alguns segundos para despertar, pergunta ao meu pai se está cansado. Para jogar conversa fora, ele conta o que o homem da YPF lhe disse.

"Esquisito, né? Que se lembre de mim."

Mamãe não responde, está olhando o espelho retrovisor. Entre um milésimo de segundo e o seguinte, mamãe para de respirar. Dá um pulo, se lança para o banco de trás. O meu pai tenta entender o que está acontecendo, mas um caminhão vem na direção contrária, e ele não pode tirar o olho da estrada. Ouve os gritos dela e de soslaio vê a minha manta amarela voar com violência de um lado para o outro. Entre gritos reprimidos, mamãe tenta dizer alguma coisa. Desembucha de repente:

"Não está aqui!"

O meu pai mete o pé no freio, sai para o acostamento o mais rápido que pode. Um carro os ultrapassa a toda velocidade buzinando.

"Não está aqui!", grita mamãe. "Não está!"

O que não está?, ele pergunta, porque o que ela diz não tem sentido, ou é impossível de imaginar. E agora ela está lhe batendo no ombro com os punhos. O meu pai consegue parar o carro e virar para trás. Não estou. Não estou mais. Desapareci.

A manta está, e mamãe desce do carro, mas eu, onde estou? O meu pai desce também, volta a entrar pela porta de trás. Do lado de fora mamãe olha para um lado e para o outro da estrada, puxa os cabelos com os punhos como se algo imenso estivesse se inflando em sua cabeça e fosse rompê-la. Mas o que é essa dor toda? Tem a ver com o buraco na minha garganta? Tudo que tem buraco é uma ferida? Um excesso de energia em um lugar equivocado?

"Mas você fechou o carro", o meu pai grita, "quando foi ao banheiro, certo?"

Mamãe não parece estar em condições de responder. "De quem é a culpa agora?", pensa o meu pai. Sem esperar que ela entre no carro, ele liga o motor, dá uma volta em U e de alguma maneira ela já está dentro outra vez. Tudo o que acontece agora ocorre de forma confusa e aos trancos, e mesmo assim com uma lentidão exasperante. Eles retornam ao YPF em um automóvel que parece se arrastar, embora o velocímetro marque a velocidade máxima.

É estranho não estar. Não sou nada do que resta: nem o banco de trás, nem a manta amarela, nem a minha cadeirinha vazia. Mas há algo de mim em tudo o que era meu. "Olhe para mim",

"Olhe para mim", "Olhe para mim", digo ao meu pai. Ele se aferra ao volante com força, está pensando em suas mãos debaixo da água fria do banheiro, no meu nariz que se parece tanto com o de sua mãe, em sua própria voz quando me pergunta "Engoliu alguma coisa?", e na minha voz respondendo, tão suave e muda como esta camada de névoa sobre todo o vale da rodovia pampiana: "Nada", "Nada", "Nada".

Um carro passa na direção contrária com o motorista falando por um desses celulares pretos enormes que começariam a ser vistos nas mãos de executivos. Mamãe ainda leva vários segundos para raciocinar que poderia ter lhe feito um sinal, que poderia ter tentado parar o carro e telefonar para o YPF, ou para a polícia, embora a polícia esteja ainda mais distante desse posto da YPF do que eles. E como conseguiriam o número do posto? E o da polícia? Tudo lhe parece desproporcionalmente impossível, apesar de nunca ter estado tão desperta.

Mas eu, onde estou, se não estou aqui? O plástico pelo qual respiro é um orifício, não um nariz. Eu me acostumei a que as coisas e as pessoas não tenham cheiro nenhum. Mas algo aconteceu, porque não há como saber que cheiro têm as coisas se o ar que entra no corpo não passa pela cabeça, e mesmo assim sinto o cheiro. Pela primeira vez depois de quase cinco meses: a lavanda do pinheirinho de felpo que pende do retrovisor, o revestimento novo dos bancos do carro, o desodorante da mamãe. Se estou aqui, se é aqui onde sinto cheiros e não sei onde ficou o meu corpo, onde estou exatamente?

"Merda." Mamãe começa a chorar. "Merda. Pode estar na estrada." E fica olhando para o meu pai.

Ele não parece escutá-la, e não mexe nem um milímetro as mãos do volante. Está assustado demais.

"Não consegue falar", diz mamãe, "o meu filho. Está sozinho e não consegue falar."

E eu, de onde os vejo? Seja lá o que tenha acontecido comigo me transformou em uma coisa diferente. Me desmontou e expandiu, me ampliou. É uma dor que fica do lado de fora do meu corpo. Sou uma válvula plástica aberta, tudo o que acontece dentro de mim sai e toca os outros.

Quando por fim eles veem o posto da YPF, mamãe tem um ataque tão intenso que geme agarrada à maçaneta da porta. Ela abre a porta na frente da cafeteria, sai antes de o carro parar. Ele desliga o motor, desce e fica olhando para todos os lados: o estacionamento, a área dos álamos e o recuo, as imediações da rodovia. As pessoas param de fazer o que estavam fazendo para observá-lo. Morris está entre as bombas de gasolina, anda até ele, talvez para repreendê-lo outra vez, mas o meu pai não tem tempo para isso e também entra na cafeteria.

Há clientes comendo nas mesas e alguns mais entre as gôndolas, e meu pai não vê mamãe em canto algum. Uma senhora sentada com os filhos lhe aponta uma porta atrás do balcão que diz RESTRITO. Ele se lança à porta, empurra-a, atravessa um longo corredor repleto de caixas e mercadorias. O choro da mamãe chega como se saísse do fundo de uma caverna e o meu pai se dá conta de que é capaz de desmaiar, de que existe a possibilidade, inaceitável, de não conseguir chegar ao outro lado.

E então mamãe grita: "Quem o encontrou?". E ele respira. "Onde estava?", ela continua, e ele se solta da parede e já está quase ali, quase a alcançando. Ele me vê, estou no colo da mamãe, abraço-a, escondo o rosto debaixo do braço dela. A mulher que recebe os gritos assente em silêncio. É mais alta e grandalhona que mamãe, parece cansada com seus ombros caídos para a frente, como se já houvesse tentado responder várias vezes e por fim tivesse se rendido. O meu pai chega, respira agitado. Estamos na entrada de uma casa conectada ao fundo do posto de serviços. No chão ficou o monte de blocos de madeira com os quais a mulher tentou me entreter.

"Quem ficou com o meu filho todo esse tempo?" Mamãe quer parar, voltar a respirar, mas não consegue. Ela me agarra com tanta força como se estivesse perdendo o equilíbrio e realmente pensasse que sou capaz de segurá-la.

O meu pai sabe que ao agachar e esticar os braços para mim, vou soltar mamãe e correr na direção dele. Sabe o dano que um gesto assim produzirá em mamãe em um momento como este. Eu sei disso, ele sabe disso, ela sabe disso. E mesmo assim. Depois de muito tempo, ele flexiona os joelhos, se aproxima do chão. Me olha, me chama, pronuncia o meu nome. A vibração de suas cordas vocais estremece a minha coluna vertebral. Falo comigo para não o escutar, digo a mim mesmo "não se mexa", digo "não", "não", "não". Não quero não posso chega, mas o que está acontecendo comigo, por que estou tão furioso? Há um buraco debaixo da minha garganta, um buraco no meu corpo que dói no deles. Se ponho um dedo ali, toco em qual dos dois? No meu pai ou na minha mãe? "Toco no meu pai", penso, afinal mamãe está comigo aqui fora, deste outro lado, porque aperto minhas pálpebras contra sua blusa e isso significa que a ela ainda posso alcançar. Então, se ponho um dedo neste buraco que é meu, mas que dói no corpo do outro, e cutuco, e pressiono, o que estou tocando por dentro é o meu pai?

O meu pai estende os braços, estão estendidos, apesar de todo o preço que terá que pagar. Não largo a minha mãe. Faço que não, aperto as pálpebras contra a blusa dela. A voz do meu pai volta a me chamar, mas não posso mais, não quero mais. "Não", "não porque não", "não porque não é mais a mesma coisa". Mamãe me abraça. Tudo o que me machuca endurece a minha mãe, e há algo na minha rejeição que une os meus pais em um mesmo temor. Como é possível? O menino nunca tinha rejeitado o pai antes. Alguma coisa aconteceu. O que aconteceu? Quando aconteceu? Alguém fez alguma coisa a ele?

"Eu já disse à sua esposa", a mulher está falando com o meu pai. "Foi o meu marido que o encontrou e o trouxe para mim."

"Mas onde ele estava?", minha mãe pergunta.

A mulher não sabe, ela não perguntou, deveria ter perguntado?

"Ficamos esperando um tempinho, não é, lindinho?" A mulher se aproxima, se inclina na minha direção, me procurando, mamãe me afasta. "E como o menino tem esse probleminha", ela diz esticando a pele do pescoço no lugar em que tenho o buraco, "a gente não estava se entendendo, não é, lindinho? Então chamamos a polícia, por via das dúvidas. E devo dizer que os policiais foram muito gentis, não é mesmo?"

A mulher me olha como se eu realmente acompanhasse o que estava dizendo. Em seguida, olha para a minha mãe.

"Falaram que iam passar aqui assim que terminassem a ronda, mas isso ainda demora um pouco. Querem tomar alguma coisinha?"

Então Morris entra na sala, o meu pai levanta imediatamente. Tem um bolo de dinheiro na mão e atravessa o cômodo até a prateleira da televisão. Pega um pequeno cofre, abre-o e põe as notas dentro.

"Mais calmo?", faz a pergunta virado de costas.

Fecha o cofre e o recoloca no lugar, só então olha para o meu pai. Masca algo, o que é?

"Viu como sempre lhe entrego rápido tudo o que me pede?"

O que acontece em seguida é algo no qual, em todos esses anos, o meu pai já pensou repetidas vezes, muitas vezes.

"Me acompanhe", diz Morris.

O meu pai olha um instante para mamãe e se afasta atrás do homem. Atravessam o longo corredor até a cafeteria e voltam ao balcão. Do outro lado, junto às primeiras mesas, há um telefone público preso à parede. Morris pega uma ficha do bolso e aperta um número de cabeça. As mãos grandes e encardidas seguram o fone plástico contra a orelha, Morris espera.

"Aqui é do YPF", ele diz, e fica olhando para o meu pai.

Ao telefone, diz seu nome e depois de um silêncio solta uma gargalhada, como se do outro lado tivessem acabado de lhe contar uma piada. Conversa distraidamente enquanto estuda o meu pai com descaramento, conferindo-lhe a cara, a roupa, as mãos.

"É, sei lá eu", diz ao telefone. "Sabe como é esse pessoal de hoje em dia", assente. "Sim, delegado, claro."

Mal levanta o queixo para chamar o meu pai. Morris cheira a gasolina e a cigarro; lhe passa o telefone e se afasta uns passos. O meu pai responde a algumas perguntas, dá o meu nome completo e o próprio, seus dados pessoais e de contato, inclusive o número da casa de El Bolsón. Quando desliga, Morris não está mais na cafeteria.

Depois de uma parada em Neuquén para dormir um pouco e outras sete horas de viagem no dia seguinte, chegamos em casa. E nesta mesma noite, por fim deitado em sua cama, prestes a dormir, o meu pai se sobressalta quando toca o telefone da sala, ele levanta para atender e ouve pela primeira vez esse silêncio frio e escuro que tanto o perturbará por anos. E ainda seguem várias noites nas quais continua levantando para atender. Porque poderiam ligar de Buenos Aires com um último laudo urgente, porque no Hospital Italiano as notícias críticas sempre tinham chegado de madrugada. E ele atende, ele sempre atende. "Alô", diz, "alô!" E leva um tempo para se resignar e desligar.

Antes do banho, o meu pai confere o meu corpo minuciosamente, inclusive debaixo das axilas, a virilha, e até me faz abrir a boca. Não é a primeira vez que faz isso desde a volta de Buenos

Aires. Ele não sabe o que procura, talvez marcas na pele, um arranhão, mas não acha nadica de nada. Me põe na banheira me segurando pelos braços, prestando atenção para que nem uma só gota de água entre pela traqueostomia. Molha o meu cabelo devagar, me ensaboa, está atento à espuma, que só pode cair pela parte de trás da cabeça, e aproveita o gesto para checar meu couro cabeludo.

"Era uma graça o brinquedo das madeirinhas, né? No posto..."

Faz o comentário como quem não quer nada, para ver o que acontece. Eu me concentro nos meus joelhos. Mamãe acha que houve alguma coisa comigo no posto de serviços quando eles não estavam, que não sou o mesmo, que alguma coisa está acontecendo. O meu pai a acalma dizendo que estou apenas mais cansado que o normal, mas isso não é o que ele pensa. Ele me segura pelos ombros, me gira para ele, acocora-se ao meu lado.

"E a mulher, que tal? Tratou você bem?"

Faço que sim. O meu pai gosta de me segurar assim, comprovar que as minhas omoplatas ainda são pequenas o suficiente para caber na palma de suas mãos.

"E o homem? O homem também tratou você bem?" Volto a fazer que sim, olho a espuma crescendo ao redor dos meus joelhos. "Aconteceu alguma coisa lá?"

Esperamos um instante.

"Filho", diz o meu pai. O meu pai diz *filho*, "alguém te fez mal?"

Fico furioso, assim, de repente. Sou uma mola de ferro que acaba de escapar do colchão. Olho para ele porque não posso evitar. Torcida, enrolada. O que está querendo saber?

"Não?", pergunta o meu pai. "Nada?"

Ele mesmo responde? Responde por mim? É algo que está querendo saber ou é algo que está concluindo?

"Se alguém te fizesse mal, você me contaria, né? Certo?"

Mas se estou contando, ora. Ele não percebe? Passei todo esse tempo contando. Não era o trabalho do meu pai ler no rosto das pessoas coisas que as pessoas não sabiam que tinham escritas? O que é que ele não vê? O que é que não escuta?

Então me solto, me libero. Se ele não me vê, se não me escuta, não quero que me toque. De que me servem suas mãos me segurando na água? Ele me olha surpreso. Eu me agarro nas bordas da banheira, me apoio com uma força que não sabia que tinha, e percebo que tomei a decisão de não voltar a entregar esse peso a ninguém, não estou disposto a me deixar segurar nunca mais.

De madrugada, quando toca o telefone, o meu pai sussurra no fone apertando os dentes. "Filho da puta", diz, e "vou te matar". Pensa em Morris me reconhecendo na rodovia, me carregando até a cafeteria, me entregando aos cuidados da mulher. Mas antes, pensa o meu pai, entre o momento em que Morris me encontra e o momento em que me deixa, o que acontece?

"Viu como sempre lhe entrego rápido tudo o que me pede?"

O meu pai recorda o modo como Morris faz a pergunta, o tom abrupto e direto. Será por isso que no telefone nunca responde? Porque acha que o meu pai seria capaz de reconhecer sua voz?

Depois de várias noites o meu pai começa a desconectar o telefone antes de ir para a cama. Volta a conectá-lo de manhã. Durante o dia, quando ele não está em casa, as pessoas telefonam e sempre falam. As chamadas silenciosas são apenas para ele.

Depois dos resultados da última cirurgia, entregues a conta--gotas a partir de diferentes consultórios do hospital de Buenos Aires, mamãe arrasta um colchão velho até a minha cama e se muda definitivamente para o meu quarto. Diz que assim é mais seguro. Uma semana depois ela leva também a roupa, e o quarto do casal se torna o quarto do meu pai.

Agora que está sozinho, a insônia o acorda feito uma bofetada, com a adrenalina pinicando as extremidades do seu corpo como se ele tivesse acabado de se atirar do terraço de um arranha-céu. Angustia-o desperdiçar à noite a força de que ele precisa para cada dia. Levanta e perambula pela casa. Acende as luzes da cozinha, olha os móveis e as coisas, volta a apagar tudo e continua até o interruptor seguinte. Há outros dois interruptores na sala de jantar, um na sala de estar, um em cada banheiro. Às vezes ele vai até o meu quarto, mas mamãe já conhece essa dança noturna e deixa a porta fechada. De modo que ele vai direto ao telefone, apoia-se no respaldo da poltrona e ali fica esperando que o sono o leve de volta à cama.

Uma noite imagina Morris na cafeteria, verificando seu relógio na frente do telefone público, calculando com paciência para ter a certeza de que, ao telefonar, despertará a família toda. O meu pai vai até o telefone e liga o cabo na parede, está tão convencido de que vai tocar que mantém a mão no tubo para atender ao menor indício. E o telefone toca. Ele atende rápido, e ainda mais rápido nas noites seguintes. Aprende a ouvir o clique que antecede o mecanismo da campainha e a erguer o fone antes que a campainha chegue sequer a tremer. Aprende a levar o fone à orelha devagar, sem dizer alô, impondo, ele também, seu silêncio, agarrado com força ao cabo na espera, sentindo-se ele próprio parte desse telefone mudo.

Acredita que está aprendendo a escutar, pela primeira vez na vida. Um representante de vendas exposto a tais níveis de absurdo não pode fazer outra coisa senão desenvolver uma escuta extraordinária. Enquanto a minha mãe faz suas primeiras pesquisas para nos mudarmos para perto de alguma escola especial que eu possa começar a frequentar, o meu pai encontra em suas sessões telefônicas uma calma imprevista. Seja lá o que for que chegue por esse fone, começa a se revelar cada vez mais familiar. Ele já não desliga, mas espera que desliguem. Só então desconecta outra vez o cabo da parede e se sente preparado para voltar à cama e dormir.

O acordo a que chegam é, segundo mamãe, o melhor para mim: o meu pai aceita sem escândalos ficar na casa, e nós nos mudamos para La Plata, a cidade dos meus avós maternos. Em troca, os meus avós se encarregam dos gastos médicos e da escola especial. O representante de vendas com superpoderes de escuta consegue articular uma promoção que lhe permite pagar a viagem a Buenos Aires uma vez por mês, e assim passar duas tardes comigo antes de retornar à casa de El Bolsón, onde o telefone, agora que ele vive sozinho, permanece sempre conectado.

Entre mudos, surdos e disléxicos, faço novos amigos, me integro, progrido. Por exigência da escola, mamãe aprimora a linguagem de sinais para me acompanhar nas atividades pedagógicas. O meu pai limita sua linguagem a instruções imprescindíveis, como "fique quieto", "não estou te entendendo", "te amo" e "é hora de dormir". Sei que ele também sabe interpretar o sinal de "ajuda", mesmo que eu nunca o tenha visto fazer isso. Ele gostaria de aprender mais, mas toda a sua energia está posta em fazer dinheiro suficiente para financiar os voos a Buenos Aires.

Embora eu não pronuncie nem uma palavra, leio e ouço com devoção. Me fascinam as histórias em quadrinhos inglesas e francesas que o vovô lê e traduz para mim em voz alta. É um homem rígido e estável que senta na beira da minha cama todas as noites. Seu corpo enorme afunda tanto o colchão que nós dois nos acomodamos sem nos importar às leis físicas desse encontro, com o meu corpo acoplado ao dele e toda a sua rigidez me sustentando com justa elegância. Ele lê um quadrinho, traduz ao espanhol, passa ao quadrinho seguinte. Aponto tudo o que não entendo. Quando estou pronto para seguir em frente, faço que sim com a cabeça.

Na escola começo a escrever, e em casa já lemos juntos quase tudo que o vovô tem à mão. Então ele compra para mim coleções mais complexas e cadernos onde anotar nossas impressões sobre as leituras, em francês e em inglês. Seu novo hobby é o meu exercício na prática desses idiomas. Absorvo tudo o que me é oferecido, mas ele não aprende uma só palavra na minha linguagem de sinais. Depois de cada jornada de leitura, fecha o livro e eu agarro com as minhas mãos uma das suas, pulo sobre ele, ataco-o em sua distração. Ele, por sua vez, me caça com um só golpe, como se a fera que eu acabei de capturar contra-atacasse, agora vitoriosa. A coreografia é breve e precisa. Vovô me pega pelos pulsos e me levanta assim no ar. Não sinto a força das mãos do meu pai ao redor do meu tornozelo, nem fico pendurado de bruços, como eu tanto gostava. Fico pendurado de barriga para cima, e ao menos assim há algo nesta suspensão que me faz lembrar dele. Às vezes vovô me segura mais do que posso aguentar. Quero gritar "chega!" para que me solte, mas o meu corpo continua aberto ao vazio: abro a boca, e a boca não funciona. Quero bater palmas duas vezes, que é o meu jeito de dizer chega, mas fico pendurado por uma das mãos do vovô e, mesmo batendo a outra no meu peito e no dele, ele só obedece a ordens que possam ser escutadas, ordens em inglês ou em francês. Então espero. Estou pendurado no ar, e espero.

O que se passa nos quinze anos que se seguem não surpreende nem a mamãe, nem o vovô, nem o meu pai. Sou tudo o que esta família espera de um menino maravilhoso: uma rápida adaptação a cada nova etapa escolar, notas excelentes no ensino médio, uma bolsa de estudos em Buenos Aires. Tenho fascínio pelas linguagens, a mais precisa de todas é também a mais abstrata e a que contém todas as outras, de modo que me especializo na matemática da física e, ainda antes de me formar, aceito uma oferta de emprego em uma multinacional instalada em Rosário.

O meu pai está orgulhoso. Em algum momento ao longo desses anos se convenceu de que tudo o que tem que fazer para me ajudar é se manter à margem, e acredita que o tempo só confirma a sua teoria. A ele dói me ter longe, mas a única coisa que sabe fazer com sua dor é aguentar.

Na casa de El Bolsón o telefone continua tocando à noite, embora muito menos que antes. Uma vez por semana, uma vez por mês, duas vezes por ano. E mesmo depois de os telefones ficarem livres dos cabos e das paredes, o meu pai mantém, de todo modo, a linha de casa. Saber que o telefone não está desconectado o ajuda a descansar melhor. Se toca, ele atende, e depois é fácil voltar a dormir.

Em uma gôndola de supermercado, descobre que as novas pilhas-botão trazem uma capa de segurança no caso de algum bebê a engolir, e fica um tempo ali, olhando para elas, até que um funcionário se aproxima e pergunta se precisa de ajuda, e ele não consegue nem responder, nem comprar o produto. Volta dois dias depois, porque agora há alguma coisa terrivelmente revoltante nessa pilha e ele precisa levá-la para casa e estudá-la. Está na sala, rodeado por esses sete interruptores que deixou de acender e apagar à noite porque, como nada mudou de lugar desde que fomos embora da casa, ele aprendeu a se mover na escuridão. Embora para isto que está por fazer ele tenha acendido todas as luzes. Está com a pilha na mão, olha-a, forceja contra o plástico até que consegue tirá-la da embalagem. E agora segura-a diante de si. Parece tão pequena, que poderia pular de seus dedos, e aí teria que se pôr a procurá-la outra vez, como aconteceu anos atrás. Talvez para evitar o desastre, o meu pai leva a pilha à boca. Fecha os lábios e a hóstia repousa por um segundo sobre a sua língua, menos de um segundo: o sabor do benzoato explode na boca, lhe queima as papilas. A substância mais amarga deste mundo obriga o meu pai a cuspir. Ele cai de joelhos para inspecionar o chão. Onde está a pilha-botão? Quer encontrá-la e pôr na boca de novo. Quer entender definitivamente. Procura, procura outra vez. O fato de a capa protetora funcionar lhe é tão doloroso como se não tivesse funcionado.

Encontro o meu pai algumas vezes no ano, lhe aviso quando passo por Buenos Aires a caminho de La Plata, para visitar a minha mãe e os meus avós, e ele então voa para me ver. Sentamos em um café perto do aeroporto central, o meu pai diz que finalmente apareceu um comprador para a casa de El Bolsón.
"Quem vai comprar?", pergunto por meio de sinais.
"Puxa", ele diz nervoso, "não estou te entendendo."
"Deixa pra lá", digo, usando outra vez as mãos, porque "deixa pra lá" é um sinal que, de tanto eu usar, ele acabou aprendendo.
"Vou me mudar para Buenos Aires", ele diz, "assim não estaremos tão longe."
Sorrio cordialmente. Sei que isso não fará com que nos vejamos mais vezes, nem que nossa relação mude em nada. Moro em um apartamento amplo, com três gatos silenciosos. Tenho um carro do ano passado e um grupo de amigos com quem jogo bilhar. Estou apaixonado por uma garota que me ama. Mas ele quase nunca pergunta sobre isso. Ainda acha que me visitar é vir a Buenos Aires, nunca passa por sua cabeça que poderiam estar me acontecendo tantas coisas boas, que às vezes passo semanas sem pensar nele.
No dia em que ele entrega a casa de El Bolsón, desconecta pela última vez o telefone da parede. Guarda o aparelho na bolsa, que põe no carro junto com o que considera frágil. Uma empresa de mudanças levará os móveis e as caixas, e tudo o que é

valioso viajará com ele. Então, quase vinte anos depois, o meu pai volta a percorrer de carro os mil e setecentos quilômetros que separam El Bolsón de Buenos Aires.

Começa a viagem de tarde, faz uma parada para dormir em Neuquén e continua de manhã cedinho. São onze e meia quando já está perto do YPF de General Acha. Agora que existem postos de serviço suficientes, que a gasolina rende o dobro e que não há nenhuma necessidade de interromper o percurso, ele para mesmo assim. Há apenas dois carros sendo abastecidos nas ilhas das bombas. Estaciona sob os álamos, ainda mais altos e prateados que em sua recordação. Atravessa rumo à cafeteria, respira o ar frio da manhã e pensa que, entre a hora que saiu da casa ontem e sua chegada a Buenos Aires nesta noite, viverá sem realmente pertencer a nenhum lugar. Expira consciente, percebe o quanto este desaparecimento temporal o faz sentir alívio. Pende as mãos de um jeito novo, enfiadas dentro do bolso como tantas vezes viu fazer homens que lhe pareciam tranquilos e confiantes. "É assim, era tão fácil", quase ouve a própria voz na cabeça, que é o modo como sua mãe lhe ensinou a fazer os desejos.

A velha cafeteria se transformou em um self-service envidraçado e com portas automáticas. Apenas o comprido balcão de madeira maciça ficou no mesmo lugar, e atrás, com o mesmo aviso de RESTRITO, a porta-balcão pela qual entrou tantos anos antes, me procurando. Fica surpreso ao ver que no canto do telefone público há um caixa automático. Alguém diz "com licença", tirando-o do caminho com educação. O meu pai está perplexo, não sabe por que está ali, e a ausência do telefone o deixa confuso. Veio falar com Morris? É porque vendeu a casa? Veio tranquilo, sem nenhuma intenção, mas fica se perguntando o que de fato está acontecendo; será que vai haver uma briga? O meu pai nunca, em toda a vida, bateu em um homem. É isso que veio fazer? "Vendi a casa", ele lhe dirá, "vamos ver a vida de quem você vai foder telefonando no meio da madrugada."

Mesmo ela estando com os cabelos escorridos e brancos, ele reconhece a mulher. Alta, grandalhona, procura alguma coisa em pilhas de papéis, ao lado dos funcionários que atendem nos caixas. Encontra uma folha específica e se afasta lendo-a até a porta-balcão. De repente para, vira para ele com o cenho franzido.

"É o senhor", ela diz, "é o pai."

A mulher se aproxima dele.

"Como está o menino?"

Parece emocionada.

"Bem, bem, com certeza. Desculpe, é que..."

"E se lembra da gente?"

"Claro que me lembro."

Ela ri.

"Eu me refiro ao menino."

"Ah, sim. Claro." Percebe o quanto está tenso.

"Passamos tanto nervoso, sabe... sem saber de onde tinha saído aquele menino, sem ouvi-lo dizer nem uma palavra sequer. Não sabíamos como ajudá-lo", a mulher suspira, fica olhando para ele com a cabeça ligeiramente inclinada, "coitadinho."

Ela examina o meu pai com nostalgia, como se tivessem atravessado juntos um drama de dias ou semanas, e agora precisasse de um tempo para se habituar a esse reencontro.

"Venha, quero lhe mostrar uma coisa", ela o convida com um gesto e segue em direção à porta-balcão.

Cruzam o longo corredor, ainda cheio de mercadoria empilhada. Por um instante o meu pai tem a sensação de que, ao chegar à outra ponta, se encontrará outra vez comigo, inclusive com mamãe. Se tudo está acontecendo de novo, ele teria agora a informação necessária para mudar as coisas? Ele as alteraria, se pudesse? Voltaria a se agachar e a esticar os braços para mim? Foi isso o que fez de errado? Ele quer entender, mas não entende, e lhe assusta que aquela sala se pareça tanto com a de sua memória.

"Olhe esta fofura." A mulher se estica e em uma prateleira pega um porta-retratos. "Espero que não se incomode, é que como não temos filhos, sei lá, digamos que gosto de vê-lo aí com as minhas coisas."

É um desenho meu, um desenho feito por mim: o meu pai, mamãe, eu no meio dos dois.

"Tentei entendê-lo de todas as formas possíveis", diz a mulher. "Trouxe a ele uns blocos de madeira que tínhamos na cafeteria, lhe ofereci guloseimas, até o chamei para assistirmos juntos à televisão. No fim, sentar para desenhar foi a única coisa que o distraiu por uns minutos."

No desenho tenho as mãos grandes e amarelas, os dedos abertos e, na altura da laringe, uma espécie de pingente preto, tão grande e deformado como um olho gigante.

"Ai, é que era tão, mas tão lindo esse menininho, o senhor tem que compreender que eu estava absolutamente comovida, já pensava em como convencer o Morris a adotá-lo, caso ninguém aparecesse", ela ri envergonhada, consciente do próprio excesso.

"Mas alguma coisa aconteceu, não?"

"Que tipo de coisa?"

O meu pai a olha sério. O sorriso dela desaparece:

"O que está querendo dizer?"

O meu pai sente a raiva chegando de repente, erguendo-o com uma dor que o perturba a ponto de desejar que Morris entre pela porta neste mesmo instante, é o momento perfeito, agora que seu corpo parece pronto para uma batalha inesperada.

"Eu sei que alguma coisa aconteceu", sente a própria voz mudar.

A mulher dá um passo para trás.

"Ele era um bom garoto", diz, "passou por quatro cirurgias sem nunca deixar de sorrir. Mas o deixamos aqui em suas mãos por pouco tempo e ele nunca mais foi o mesmo."

"Mas do que está falando?"

E então acontece. Morris chega. Mais velho, mais magro. Traz a carteira aberta e, presa na cintura, uma maquininha de cartão. Atravessa a sala na mesma direção de vinte anos atrás, provavelmente em busca do mesmo cofre. Detém-se quando vê o meu pai.

"O senhor", ele diz, abaixa a mão com a carteira. "E agora, o que perdeu?"

"Morris...", diz a mulher.

"Alguma coisa aconteceu com o garoto", diz o meu pai.

"E parece que estamos aqui sempre à sua disposição, não é?", diz Morris. "O senhor já o perdeu uma vez, lembra? Perdeu e nós encontramos."

"Quem encontrou?"

"Eu encontrei", diz Morris.

"Onde ele estava?"

"Ao lado do orelhão."

"Não estou entendendo."

Morris faz que não para si mesmo, quase parece sorrir.

"Me acompanhe." Morris se afasta pelo corredor com a mesma frase da última vez.

O meu pai o acompanha. Avança atrás das costas largas de Morris, a vista fica nublada por um instante e ele se esforça para não se desequilibrar entre as caixas. O que fazem essas caixas empilhadas por vinte anos no mesmo lugar? A náusea faz seu estômago formigar, mas ele se obriga a continuar avançando atrás de Morris, essas costas enormes feito um paredão oscilante contra o qual ele só quer se chocar. Atrás deles, os passos da mulher se apressam para alcançá-los. Cruzam a porta-balcão. No self-service tudo continua em movimento.

"Aqui", diz Morris, parando em frente ao pequeno caixa automático.

"É que aqui ficava o telefone", explica a mulher.

Morris retira um fone imaginário à altura de seu peito e o abaixa até algum ponto entre a cintura e os joelhos. Segura-o na vertical.

"Mais ou menos nesta altura", diz, e marca com a palma da outra mão a estatura que eu tinha naquela idade. "De algum jeito o seu filho conseguiu baixar o fone, mas não alcançou os números para poder apertar."

Sem mover o fone imaginário, Morris cospe alguma coisa na mão e guarda no bolso.

"Então eu disse ao menino, você me diz o número e eu aperto."

A mulher assente, concordando com o relato.

"O meu filho não fala", o meu pai contesta. A pressão que sente no peito mal lhe deixa usar o diafragma.

"E o que isso tem a ver? O menino quer falar com o pai, eu aperto o número do pai."

A pressão é tão dolorosa que o meu pai já não consegue pensar.

"E como ficou sabendo que ele queria falar comigo?"

"Sei lá, o menino me mostrou o fone e eu perguntei 'Quer falar com a mamãe?'. E o menino fez que não. Então perguntei 'Quer falar com o papai?', e o menino fez que sim. Será que para o senhor tudo é sempre tão complicado?"

Morris fica olhando para ele.

"Fingi apertar e deixei que ele fizesse o que queria. O senhor teria feito a mesma coisa, ou não?"

O meu pai está chorando. Morris arregala os olhos, já sem paciência, desconcertado.

"Quer saber? Não estou entendendo nada", diz. "Não sei o que mais posso fazer pelo senhor."

"É que o meu filho não fala." O meu pai tenta se acalmar, mas é impossível. "Se o meu filho me telefona, como vai me dizer que é ele?"

As mãos do meu pai pendem rendidas, e há um gesto quase imperceptível em seus dedos, como o de alguém dormindo, ou talvez sonhando, que quisesse ficar parado no ar, ou deter algo que está no ar e não deveria cair, e o que acontece depois desta manhã já não tem nenhuma importância.

Dezessete anos depois, o meu pai morre e tenho que esperar o médico chegar para que escreva a declaração de óbito. Sento ao lado de sua cama, neste apartamento de Buenos Aires ao qual ele nunca se acostumou, e lhe digo em silêncio: "Não se preocupe, papai, fomos felizes no começo, é o suficiente". "Vai ficar tudo bem, papai." E como ele não me responde, como nunca me respondeu, eu enfio o dedo neste buraco que é como um olho, e o toco por dentro. Toco o meu pai por dentro, e o deixo ir.

A mulher de Atlántida

Aparecia no cabeleireiro a cada duas semanas. Alguém logo a interceptava e a acompanhava discretamente até o fundo do estabelecimento para que o restante das clientes não tivesse que vê-la nem sentisse seu cheiro. Sentavam-na diante do espelho que fica atrás das pias, em um banco que se usava apenas para ela, e ali ficava paradinha, até que eu terminasse de atender as outras e me aproximasse.

D. Pitis estava já tão envelhecida que, debaixo da roupa, seus ombros e suas omoplatas encurvadas pareciam os de uma garotinha sentada em penitência, me esperando sem dizer uma palavra. Não deixava que lhe cortassem nem penteassem os cabelos, mas me permitia ajustar a capa impermeável no pescoço e lavá-los. Eu trazia para perto a pia com rodinhas, ajudava d. Pitis a se reclinar e acomodava-lhe a cabeça debaixo da torneira. Abria a água morna e molhava seus cabelos, tomando cuidado, com o dorso da minha mão, para não deixar água cair em seu rosto. Depois de um tempo, ela relaxava e fechava os olhos. Não queria que eu usasse pentes nem escovas, de modo que eu aplicava um creme para pentear antes mesmo do xampu, e assim conseguia separar um pouco as mechas com minhas próprias mãos até que o sabão fizesse um pouco de espuma. Enfiava meus dedos na longuíssima juba de cabelos brancos e emaranhados, cheia de nós, e nos entregávamos em silêncio a essa limpeza quinzenal. Assim que d. Pitis ia embora, abríamos a porta da rua, as duas janelinhas do fundo e acendíamos o queimador de óleo de lavanda. O cheiro rançoso e alcoólico que ela deixava não chegava ao salão principal, mas se alguém cruzasse a área das pias para ir ao banheirinho ou para fumar no pátio, saberia que ela tinha estado ali.

Eu ficava pensando se ela teria me reconhecido, se sabia quem era eu e se essa era a razão pela qual vinha. Vira e mexe eu a flagrava me olhando, e ficava esperando para ver se uma das duas tomaria coragem de dizer alguma coisa. Conheci-a quase quarenta anos antes, durante três semanas de férias. Eu tinha dez anos e minha irmã, treze. Nunca mais a vi, e ninguém nunca soube que d. Pitis esteve conosco quando aconteceu o que aconteceu com a minha irmã.

E numa tarde, uma vida inteira depois, d. Pitis parou em frente à vidraça deste salão e ficou olhando para dentro, até que saí para buscá-la. Quando lhe perguntei em que podíamos ajudá-la, ela abriu a boca, mas não disse nada. Examinou a minha cara por alguns segundos e por fim olhou para suas unhas. Parecia que tinha encontrado nelas algo novo e comovente, e pensei no ventilador de teto do quarto dela, na foto que ela levava no bolso do roupão e no homem que nos falou dela pela primeira vez. Será mesmo que d. Pitis não tinha me reconhecido?

O homem usava sempre o mesmo short amarelo, mudava apenas a camiseta regata. Enquanto o restante do bairro dormia, quase todas as noites ele lia em seu jardim, recostado em uma espreguiçadeira, as pernas cruzadas nos tornozelos e um livro sempre bem perto do rosto. Minha irmã e eu passávamos todas as férias escapulindo de casa à meia-noite, depois de termos certeza de que nossos pais tinham por fim apagado as luzes e de não se ouvir nada por um bom tempo. Pulávamos cercas, subíamos muros e nos metíamos em jardins alheios. No silêncio cálido dessa cidadezinha à beira-mar nem tão pequena assim, o mundo inteiro nos parecia aberto e bom. Andávamos descalças, havia areia até nas ruas e nos quintais, tão suave e branca que pisar em Atlántida era muito diferente de pisar em qualquer cidade. Mas o paraíso tinha seus limites. Os dias de praia em família eram obrigatórios e intermináveis, impossíveis de serem sabotados. Tínhamos que descer para o mar com o necessário para não sair de lá por horas. A principal diversão dos nossos pais era o tédio nosso de cada dia: ignorar a casa alugada a apenas duas quadras de distância e agir como seres nascidos e criados naquela longa cadeia de dunas. Uma vida simples, em que se podia carregar tudo o que era preciso em apenas duas cestinhas de vime. Isopor com comidinhas e bebidas, protetor solar, toalhas, jogos de tabuleiro, revistas, o rádio, o mate, as bolachinhas. Papai e mamãe estendidos em uma esteira, minha irmã e eu na do lado. Por toda a eternidade. "Temos que aproveitar", suspiravam mamãe e papai em sua esteira, "porque isso sai uma fortuna."

À noite recobrávamos o ar de que precisávamos. Saíamos sem nada, abertas ao que pudesse acontecer, e o homem sempre estava ali, inclusive às duas ou três da manhã, bem debaixo do único ponto de luz de seu jardim, com um livro de Dashiell Hammett grudado na cara. Às vezes parávamos um pouco e tentávamos puxar papo, mas ele não parecia interessado. Não lembro o que lhe falávamos, nem se ele chegava a fazer algum comentário, mas houve uma noite em que, sim, ele abaixou o livro e nos olhou com surpresa, como se por fim se desse conta de que estávamos ali.

"E vocês?", perguntou. "O que costumam fazer para não ficarem entediadas?"

"A gente entra na casa das pessoas", respondeu minha irmã. Eu sabia que era mentira, que a gente andava só pelos quintais e jardins, mas, nela, o exagero era uma prévia do que viria, e eu assentia com devoção ao que fosse que ela já estivesse planejando. Então ele perguntou se já tínhamos inspecionado a casa da poeta.

"Tem uma poeta aqui?", perguntei, porque até então nunca tinha ouvido falar de uma poeta que não estivesse morta, e ela ainda vivia entre as outras pessoas, assim, como se fosse normal?

O homem disse que sim, que existia uma, e que seria bom que alguém fosse ver o que ela andava fazendo. Algumas semanas antes ela tinha tentado se pendurar no ventilador, e não era a primeira vez que isso acontecia.

Escondidas atrás de uns pinheiros-anões, confirmamos que ali estava, sob o teto, a fileira de azulejos verdes que ele tinha indicado. Demos a volta na casa, passando de cócoras abaixo das janelas. Estavam abertas, com as persianas levantadas e as cortinas corridas. Assomamos a cabeça por uma, mas era como espiar um quadro oco e preto. Tínhamos que ficar assim por um instante, bem quietas, para nos acostumarmos a essa escuridão ainda mais escura, para daí conseguirmos ver alguma coisa. Lembro-me da cama de casal, tão perto da janela que, se esticássemos a mão, poderíamos tocá-la. Com o emaranhado de lençóis, roupas e travesseiros, era difícil adivinhar se havia alguém ali.

Eu tinha medo de encontrar a poeta pendurada no ventilador. Não sabia que aspecto teria alguém em uma situação assim. Minha irmã fez psiu para mim e saiu correndo, e um segundo depois tinha parado diante da entrada e já estava abrindo a porta-mosquiteiro. Usávamos os *jumpers** que estavam na moda naquele verão, os púnhamos antes de sair de casa, por cima do pijama. Há uma foto nossa em uma tarde na sorveteria Flamingo vestidas assim, o meu *jumper* amarelo com o maiô por baixo, o da minha irmã com o nó fúcsia de seu primeiro biquíni aparecendo na nuca entre os cachos desarrumados. Uma ao lado da outra, com o sorvete escorrendo pelos dedos. Tenho a foto em casa, no aquecedor da cozinha. Um ímã sobre o céu azul já desbotado, outro sobre uma mancha borrada e brilhante que é o dedo do papai perto da lente. Nunca mais vi o meu pai com a câmera fotográfica da família pendurada no pescoço. Não houve outras fotos de nós duas juntas depois dessa. Às vezes fico analisando-a, e na foto o meu eu do passado continua contemplando minha irmã de uma forma que me faz lembrar de um tempo em que toda minha felicidade dependia do olhar e do humor dela, um tempo em que eu a teria seguido a qualquer lugar, contanto que de vez em quando ela me fizesse um psiu ou, milagrosamente, me chamasse pelo meu nome, sem que eu esperasse.

Minha irmã foi a primeira a entrar na casa. A porta que dava para a cozinha estava aberta e ela simplesmente entrou, e ficar do lado de fora me deu mais medo do que ir atrás dela. Desviamos de garrafas vazias jogadas no chão, sacos de lixo, uma cadeira tombada, lençóis e toalhas acumuladas ao lado da máquina de lavar. A mesa e as prateleiras estavam cheias de louça suja. O umbral que levava à sala era um grande arco aberto do qual pendiam plantas secas; o atravessamos rápido, intimidadas por esse novo espaço que, ainda mais escuro, se abria então diante de nós. Nos escondemos debaixo de uma mesinha, espremidas e prote-

---

* Vestido parecido com uma jardineira, sem gola nem mangas, que deve ser usado sobre outra peça. (N.T.)

gidas por uma toalha, e ficamos assistindo ao espetáculo desse campo de batalha.

A luz da lua entrava pelo jardim e delineava o contorno de todas as coisas. Mais pratos sujos, mais garrafas vazias, pilhas de livros, roupas no chão e caindo das poltronas, sacos de batata frita abertos. Eu nunca tinha visto uma coisa assim e me lembro de prestar atenção no rosto da minha irmã para entender o que estava acontecendo, que lugar era aquele, o que estávamos fazendo. Temia que qualquer barulho me fizesse gritar. Tentava não pensar no ventilador, mas a imagem de um par de pés suspensos a poucos centímetros do chão me perseguia. Num pulo só, minha irmã saiu de baixo da mesinha, dei um tapa para agarrá-la, mas ela, como sempre, estava fora de alcance. Atravessou a sala e apareceu no corredor. Eu me aproximei na ponta dos pés, me esquivando das coisas no chão, por dentro dizia a mim mesma não grite, não faça nenhum barulho, até que já estava outra vez com os dedos agarrados à blusa dela, e o meu rosto colado em suas costas. Então aconteceu a coisa do gato, que é um detalhe que ficou gravado em mim. Ao fundo, a escuridão era uma boca preta em que não se podia adivinhar nada, e ali apareceram, na altura do chão, dois olhos amarelos que nos olhavam. Não piscavam, nem sequer se mexiam quando minha irmã deu um passo na direção deles. Estavam tão quietos que pareciam um enfeite esquisito iluminado por dentro. Ficamos assim por um tempo, até que o gato por fim virou a cabeça. Demos um pulo, e ele empurrou uma porta, abriu-a só um pouquinho e entrou em um cômodo. Minha irmã o seguiu, minha mão perdeu a alça de seu *jumper* e com poucos passos mais ela já estava lá dentro.

Fui até a porta e senti como era estranho mergulhar no espaço daquele quarto, o mesmo que tínhamos visto antes pela janela. A mulher estava de bruços, esparramada no colchão como se tivesse caído. Ficamos ali, olhando-a. Era impossível saber se estava viva ou morta. No teto o ventilador girava devagar, como se fosse parar.

Agarradas à barra do pé da cama, esperamos um pouco mais, até que os olhos se acostumaram e começamos a ver melhor. Então senti minha irmã se inclinar para a frente e dizer:

"Senhora..."

Esticou uma mão até a ponta do lençol e puxou para descobri-la.

"Senhora..."

Eu ouvia a voz dela cortando aquele silêncio absoluto, minha irmã parecia a pessoa mais corajosa na face desta Terra.

"Queremos saber se está bem."

Puxou o lençol outra vez, descobrindo-lhe a cintura, mas a mulher não se mexia. Era uma cama grande em um quarto pequeno, mal sobrava espaço para se pendurar no ventilador.

Então minha irmã bateu palmas. Era o tipo de coisa que fazia, até mesmo em momentos como esse. Bateu as mãos e se fez um estouro, e eu tive que morder a língua para não gritar. A mulher acordou num sobressalto, como se os barulhos tivessem lhe chegado todos de repente. Sentou desorientada, com os olhos bem abertos. Acomodou-se desajeitadamente na cabeceira e esfregou o rosto com as mãos. Era um alívio atestar que ela podia se mexer. Eu me perguntei se ela conseguia nos ver, porque estávamos ali paradas, e, no entanto, ela não reparava em nós. Soltou o ar com um lamento longo e triste, e o gato subiu e deitou em cima dela. Tinha as mãos muito finas, os dedos compridos, esticava e contraía-os sobre as costas do animal, acariciando-o mecanicamente. E depois, sim, pareceu que por fim percebeu alguma coisa, ou ao menos mexeu a cabeça em nossa direção. Seus dedos se detiveram e nós três ficamos quietas, o gato também esperou, até que se cansou e começou a lamber as patas.

"Estão me enxergando?", por fim perguntou.

Fizemos que sim.

"E a senhora?", perguntou minha irmã. "Está nos vendo?"

"Sim."

O gato interrompeu seu banho e ficou parado, esperando.

"Nossa, que milagre", ela disse.

Perguntou se éramos da prefeitura. Arrastava as palavras como se estivesse bêbada, e quando dissemos que não, quis saber se tinha sido o marido que nos havia mandado. Achei que fosse levantar, então empurrei minha irmã para que saíssemos, mas no fim ela se cobriu outra vez com o lençol até a cabeça, e ali ficamos.

"É verdade que se pendurou no ventilador?", minha irmã perguntou.

Embora o lençol não tenha se mexido, ouvimos um "sim" tímido, "duas vezes". Minha irmã quis saber por que a segunda tentativa também não tinha funcionado, acho que queria saber se a mulher tinha aprendido o que é que não estava fazendo direito, e fiquei pensando que, se ela tivesse aprendido, não estaria na cama conversando com a gente. Talvez não aprender completamente as nossas lições seja o que afinal nos mantém vivos.

Talvez por ser poeta, a mulher não dava respostas definitivas. Replicava coisas como "ninguém aprende com o medo" ou "se pesa, é tristeza". Minha irmã perguntou se era por causa de um homem.

"Nunca é por causa de um homem", ela disse, "embora a gente ache que sim."

Seus pés estavam descobertos, tão perto da beirada à qual estávamos agarradas que por um instante me imaginei lhe fazendo cosquinhas, e desejei desesperadamente que minha irmã não tivesse a mesma ideia.

"É tédio", disse a poeta. Pensei na praia e me espantei por atinar ao que ela se referia. Era isso o que a poesia fazia? Um salto a outro lugar sem se mexer nadinha? "Mais de um terço de século de tédio..." Esticou o dorso dos pés como se tivesse dado um lento salto ao vazio, ou como se tivesse sentido cãibras, "... tédio, e falta de inspiração".

Essa palavra grudou em algum lugar da minha cabeça, um adesivo grande e brilhante: "Inspiração". Quando isso faltava às pessoas, elas se penduravam no ventilador? Seria a "inspiração" isso que a gente procurava nas noites, fora de casa, ou seria algo mais perigoso que eu ainda não compreendia?

"É porque a senhora é poeta?"

Fiquei espantada ao ouvir a mim mesma falar, sentir o impulso de abrir a boca sem poder contê-lo. Ela puxou os lençóis de uma vez só, o gato levou um susto e saiu num pulo. Depois de alguns segundos, a mulher abaixou as pernas e então sentou na beirada da cama.

"Quem foi que disse isso a vocês?"

Estava olhando para mim. Um hematoma arroxeado lhe atravessava a testa e parte do nariz. Levantou, parecia que ia cair outra vez no colchão, mas recuperou o equilíbrio. Chegou perto como se fosse me atacar ou me estrangular, mas continuou em direção à porta.

Nós a seguimos. Ela tropeçava nas coisas espalhadas pelo chão e esbravejava, andava apoiando-se na parede. Entrou no banheiro, e nós, atrás. Teve que se segurar na borda da bancada para não cair.

"E vocês, como é? Estão mesmo aqui?"

Minha irmã não disse nada, e isso me angustiou.

"São fantasmas?"

Como não respondíamos, ela acendeu a luz e nós três cobrimos os olhos.

"Vampiras?", perguntou.

Neguei com a cabeça, assustada, demorei a entender que era uma brincadeira. Minha irmã franziu o cenho, como fazia quando tinha uma ideia, e disse:

"Somos a inspiração."

A mulher abriu a torneira e ficou nos olhando.

"A inspiração", repetiu a poeta.

"Estamos aqui para fazer o nosso trabalho", disse minha irmã.

A mulher mordeu o lábio, como se estivesse contemplando a ideia. Estávamos tão perto dela que pude sentir seu cheiro de álcool e de dias sem tomar banho, e agora que conseguia vê-la melhor, me dei conta de que, apesar do seu estado, ela talvez tivesse a idade de mamãe. Enfiou as mãos debaixo da água e começou a lavar o rosto. Então tentou prender os cabelos, mas depois de fracassar várias vezes, desistiu.

Perguntei se ela estava bêbada e ela disse que de jeito nenhum, e se afastou de mim como se fosse eu que estivesse fedendo. Tentou se desviar de nós e sair, mas tropeçou e caiu sentada na privada.

Minha irmã abriu a torneira da banheira, pôs o tampo e jogou uma boa quantidade de xampu, que em seguida virou espuma.

"E que tipo de inspiração seriam vocês? Vejamos", perguntou a mulher.

Minha irmã disse que das boas, e depois, encarando-a com uma autoridade que me surpreendeu, lhe apontou a banheira, disse que tinha posto nela sais de banho e recomendou que ela não caísse no sono. Então me pegou pela mão para sairmos, fechamos a porta, voltamos à sala e acendemos a luz.

"Vamos limpar essa bagunça", eu a ouvi dizer.

Gostava de tomar decisões radicais, como ela mesma as chamava, acreditava ser um bom exercício, que era assim que se faziam as coisas girar, e eu sempre me questionava para que era preciso fazê-las girar, e o que tinha de radical nesse tipo de decisão.

Foi até a cozinha e voltou com um rolo de sacos de lixo. Concentramo-nos na sala e prosseguimos de cima para baixo, recolhendo as coisas das bancadas, da biblioteca, da mesa, das cadeiras e do chão. Logo entendi que fazia muito mais sentido arrumar um lugar naquele estado do que o nosso quarto. Havia tanta coisa para fazer. Púnhamos o lixo em um saco e, no outro, enfiávamos tudo o que não sabíamos onde colocar. Em um terceiro saco iam as coisas desagradáveis ou irrelevantes, porque não queríamos só que a sala ficasse mais limpa, o que queríamos era simplificar, abrir espaço para que algo novo ocupasse lugar. "Invocamos inspiração", repeti ainda mais alto. Se a mulher estava mesmo escutando, eu queria que ela soubesse que eu também estava ali, trabalhando para seja lá o que fosse que estivéssemos trabalhando. Mas do banheiro não nos chegava nem uma palavra sequer.

Deixamos o lixo na cozinha, em cima de outros sacos já empilhados, e jogamos fora as coisas que decidimos eliminar, para que nada daquilo nunca mais voltasse a entrar na casa. Íamos começar com o quarto ao lado quando ouvimos uma forte pancada no banheiro, e depois mais uma pancada, metálica. O gato apareceu num pulo vindo do corredor e corremos para ver. Abrimos a porta sem bater. A mulher estava no chão ao lado da banheira, parcialmente coberta pela cortina do chuveiro que ela havia arrancado do varão, desencaixado e quebrado. Nem sequer tinha tirado a roupa, e a água estava quase transbordando. Nós nos aproximamos, a ajudamos a levantar. Minha irmã fechou a torneira.

"É a cabeça", disse a mulher.

Será que estava falando outra vez da inspiração?, pensei, mas ela pôs a mão na nuca. Havia sangue nos dedos, ela os olhava assustada. Pensei em avisar papai e mamãe, ligar para a ambulância, mas tinha medo de que descobrissem o que a gente ficava fazendo naquelas noites, e então propus chamar o homem da espreguiçadeira.

"Não! Por favor, o meu marido não."

Quem sabe a pancada a tivesse despertado. Ele era o marido?

"Por favor, não."

Olhou para o corredor.

"Tem antisséptico e gaze no outro banheiro. Temos tudo de que precisamos."

Minha irmã me apontou a porta com o queixo e saí em busca das coisas. Percorri o corredor que tanto medo tinha me dado algumas horas antes e me senti forte e responsável. Minha irmã mais velha e uma mulher que, além de tudo, era poeta e tinha tentado se matar por falta de inspiração acreditavam que eu era capaz de ir até um banheiro que eu não sabia nem onde ficava, encontrar sem grandes instruções gaze e antisséptico e voltar como se não fosse nada de mais. Era uma sensação de triunfo que me engrandecia, e a revelação de estar à altura do desafio fazia com que as coisas, por sua vez, dessem certo: o banheiro estava no final do corredor, a gaze, na terceira gaveta, uma garrafinha de plástico azul no fundo da caixa de primeiros socorros dizia ANTISSÉPTICO em vermelho. Pensei no colégio e em como e a quem contaria o que estava acontecendo. Mas, ao voltar ao primeiro banheiro, encontrei a mulher já de pé, com a cabeça posta debaixo da torneira da pia e minha irmã a ajudando a se limpar, e fiquei com a sensação de que, de alguma forma, tinha sido enganada. Minha irmã estava com os dedos enfiados nos cabelos da mulher e fazia com que a água limpasse o sangue sem deixá-la escorrer para o rosto. Estavam em silêncio, e mesmo assim parecia que eu tinha interrompido alguma coisa. Fiquei pensando em que coisas uma poeta poderia dizer ou fazer com alguém que ficasse sozinho com ela; minha irmã me contaria mais tarde se eu lhe perguntasse?

Voltamos a sentá-la na privada e nos revezávamos para apertar a ferida com um rolo de papel higiênico. Ficamos assim até que o sangue diminuiu e pudemos usar o antisséptico. Aos poucos fui drenando a água com uma toalha, mecha por mecha. Ela gostou que eu mexesse em seus cabelos, entregava-se a isso em silêncio enquanto a toalha ia tingindo-se de rosa. Eu queria que ela cheirasse melhor, estava disposta a lhe dar um banho, a penteá-la, a abrir suas gavetas até encontrar alguma coisa que lhe caísse bem.

No salão de cabeleireiro, toda vez que d. Pitis se recostava na poltrona do terceiro lavatório e fechava os olhos, eu lhe massageava o couro cabeludo me concentrando na fragilidade de seu corpo e nessa vontade insólita de cuidar dela; então copiava os movimentos que tinha visto minha irmã fazer naquela noite, séculos atrás. Numa idade em que eu não sabia que alguém mais novo podia proteger alguém mais velho, minha irmã tinha me ensinado a mover a cabeça da mulher para um lado e para o outro, com uma mão só e sem necessidade de soltar a mangueira da ducha. Além da areia que ia embora com a imundície generalizada, era comum encontrar, entre os nós dos cabelos, caramujos minúsculos ou alguma pedrinha. Várias vezes perguntei por aí se alguém já tinha cruzado com ela antes na praia, mas mesmo em Atlántida havia gente que nunca a tinha visto a vida toda, nem no supermercado, nem na farmácia, nem em nenhum outro lugar, gente que não sabia quem era aquela poeta nem onde vivia. Como era possível, depois de tantos anos? E de onde saíam aqueles caramujos, se ela nunca ia à praia? Será que entrava no mar à noite, quando a orla estava completamente vazia?

Toda vez que eu a atendia, conseguia fazer com que seus cabelos voltassem a ter cheiro de camomila. Quando lhe tirava a capa, ela ficava se olhando no espelho. Entrefechava um pouco os olhos, como se algum reflexo que eu não conseguia ver lhe estivesse ofuscando a imagem. Ia embora do salão com a mesma atitude com a qual tinha chegado: digna, sem pedir nem perguntar, sem pagar pela lavagem nem dar nenhuma gorjeta. E duas semanas depois, quando voltava a parar na frente da vidraça até que a fizéssemos entrar e a acomodássemos no fundo, estava inteira cheirando outra vez a mar, a álcool e a caramujos mortos.

Naquele verão voltamos à casa dela todas as noites. Na primeira vez, só queríamos confirmar que estivesse viva, que a pancada não tivesse sido séria e que ela não estivesse sangrando naquela sala que havíamos deixado impecável. Durante o dia, na praia, tínhamos feito nossas apostas. Estaria viva ou morta? Estaria escrevendo? Pendurada no ventilador ou esparramada outra vez no banheiro? Sairia de casa em algum momento? Em que estado? E se por fim conseguisse se suicidar, nós ficaríamos com o gato ou o largaríamos lá, abandonado à própria sorte? Avisaríamos a polícia ou deixaríamos tudo daquele jeito? Ao menos ao homem teríamos que avisar, sobretudo se era o marido.

Para poder conversar longe do papai e da mamãe, entrávamos no mar e boiávamos entre uma onda e outra. Quando as cristas aumentavam muito, era preciso afundar completamente na água e deixar que as ondas passassem por cima de nós, ou acabávamos feito um novelo na orla, com quilos de areia nos cabelos e no maiô. Não à toa chamavam essa praia de brava. Mas eu gostava dessas interrupções violentas, elas davam tempo para pensar e também tiravam tudo da gente em um segundo. "Está vindo!", berrávamos. Mergulhávamos o mais rápido possível e enfrentávamos a corrente prendendo a respiração, até sentir como a crista nos varria violentamente para trás.

"E se a gente voltar e ela não estiver mais lá?", perguntou minha irmã assim que saímos para respirar.

"Está vindo!", berrei outra vez.

Afundei e agradeci o silêncio frio da água, podia aceitar qualquer final para as nossas apostas, menos voltar e a mulher não estar lá. Ela era algo que nós duas tínhamos encontrado, um tesouro que nos pertencia. Viva ou morta, era nossa mulher, e se a deixávamos todas as noites na casa dela, ali queríamos encontrá-la todas as noites quando voltávamos. Os encontros com a poeta eram como um privilégio extraordinário, por mais maltratada que estivesse. Era um segredo que queríamos gritar o tempo todo, mas só gritávamos entre as ondas de Atlántida. Ali, flutuando bem próximas, nos prometemos que, não importava o que acontecesse, nunca contaríamos a ninguém sobre a poeta que tínhamos guardada.

Finalmente superamos todas aquelas horas do dia que era preciso suportar para que chegasse a noite. Finalmente as luzes da nossa casa se apagaram, finalmente o silêncio, finalmente poder levantar na ponta dos pés, sair sem fazer nenhum barulho, subir num muro, abrir o portão, agradar o labrador do quintal com limoeiros para que chorasse baixinho em vez de latir, dar a volta no quarteirão pelo trecho mais longo para desviar do homem que continuava lendo todas as noites em seu jardim, passar de lado entre arbustos e chegar à casa da poeta.

Nessa noite a encontramos vasculhando o lixo que tínhamos empilhado na cozinha. Não quis nos contar o que procurava, mas a todo momento voltava aos sacos e começava a revolvê-los outra vez.

"Tudo de cabeça para baixo!", queixou-se em uma de suas idas e vindas, olhando a sala arrumada.

Apresentava mais energia que no dia anterior, mas também estava mais embriagada. Minha irmã lhe disse que, se queria inspiração, teríamos que fazer alguns exercícios. Arrastou a mesinha de centro para um lado e pediu que deitássemos de barriga para cima no chão, bem grudadas uma na outra, porque faríamos uma meditação guiada de introspecção. De onde ela havia tirado um exercício assim? Tinha aprendido em algum lugar ou tinha acabado de inventar? Perguntei, afinal eu também deveria fazê-lo, e minha irmã disse que, se a inspiração não estava se apoderando do corpo da poeta, então teria que entrar no meu, e dali se transportaria para a mulher. Achei que fazia sentido, e deitamos no chão. Suas instruções de relaxamento eram tão boas que foi difícil não cair no sono, e desta vez, e quase todas as noites seguintes em que repetimos a meditação guiada, acabei acordando com minha irmã gritando "dê a mão a ela!", "dê a mão a ela!", porque era desse jeito que eu deveria passar a inspiração à poeta. Mas apesar de todas as noites a mulher me apertar bem forte os dedos, do meu corpo nunca lhe chegava nada.

Organizamos os dois banheiros. No caminho entre um e outro, descobri na parede, entre espelhinhos e cartões-postais, uma foto em que a reconheci. Estava sentada em um bar, com uma dúzia de pessoas. Sem contar a outra mulher ao lado dela, eram todos homens. Seriam outros poetas? Onde estavam agora todas essas pessoas? Será que sabiam que a mulher tinha perdido a inspiração?

Jogamos praticamente tudo fora, exceto duas toalhas em bom estado, um perfume lacrado e uma caixinha de anéis e pulseiras. De casa, levamos papel higiênico, porque a poeta não tinha mais e nós duas também tínhamos as nossas necessidades, e um caderno espiral da minha irmã que ela não estava usando. Era de papel quadriculado e do tamanho de uma mão aberta, o que achamos ideal para a poesia. Como a mulher tinha mania de perder tudo a toda hora, amarramos com um fio uma caneta à espiral. Em seguida começamos a procurar uma tira mais grossa e elástica, uma que não machucasse a pele, cortamos um pedaço de tecido de um de seus vestidos e com ele amarramos a cadernetinha ao pulso dela.

"Mantenha-se sempre conectada com seu material", lhe disse minha irmã.

Ela ajustou várias vezes o nó do caderno para garantir que estivesse bem preso. Nós nos ajoelhamos diante da mulher e lhe beijamos a mão.

"Está abençoada", eu disse.

Eu não tinha a eloquência nem o rigor da minha irmã, mas começava a intuir que, se queria que alguma coisa tivesse efeito sobre a poeta, era bom fechar as frases que a minha irmã abria.

"Como vocês se chamam?", ela nos perguntou.

Minha irmã não respondeu, de modo que, embora eu estivesse louca para dizer o meu nome, fiquei bem quietinha.

Supúnhamos que durante o dia ela dormia, matava o tempo e tomava suas muitas garrafas de vinho, que sobravam para minha irmã e eu recolher e jogar fora. Mas o que mais fazia? Se não limpava, nem cozinhava, nem se encarregava de ninguém, como passava as horas? Em que consistia fazer coisas de poeta e quanto tempo ela gastava com isso? E o álcool, era uma exigência? Sabíamos como saíam as garrafas vazias, mas de onde ela tirava as cheias? Não nos parecia que tivesse condições de sair de casa sozinha, então ela devia ter as garrafas escondidas em algum lugar, embora ainda não tivéssemos encontrado onde guardava seu espólio.

✳

Começávamos cada sessão localizando a mulher na casa e a convencendo a se deixar levar para o banheiro, onde a sentávamos para os primeiros cuidados de higiene. Púnhamos sabão em uma toalha umedecida e limpávamos seu rosto e suas axilas. Fazia tanto calor que quase sempre a encontrávamos com blusa de alcinha ou camiseta sem manga. Mas houve uma vez em que estava usando algo mais fechado e, quando tentamos despi-la para fazer a limpeza, ela levantou assustada, abraçando a si mesma, e se fechou em seu quarto por um bom tempo. Em outra ocasião lhe depilamos o bigode, e quando olhamos a tira de cera contra a luz, vimos que os pelos eram muito mais grossos do que se notavam sobre a pele. Às vezes lhe púnhamos cotonete nas orelhas, ou enxaguante na boca, e então lhe pedíamos que fizesse alguns bochechos e cuspisse. Mas se ela não estivesse sóbria o suficiente para tanto esforço, tínhamos que suportar seu hálito o expediente todo, e era uma coisa repugnante.

Conferíamos o caderno para ver se ela tinha escrito alguma coisa. Quase nunca fazia anotações, ou o que anotava nos parecia qualquer coisa, menos poesia. Uma vez fez uma lista de compras, e em outro dia havia anotado um telefone. Telefone de quem? Não se lembrava ou não quis nos dizer. A perspectiva de abrir o caderno e por fim encontrar um poema me emocionava. Ficava me perguntando qual seria o tema escolhido e como ele surgiria. Seria uma coisa que lhe passava pela cabeça ou uma coisa que ela tinha que encontrar em algum lugar? E se encontrasse, como sabia que isso era o que estava procurando?

"Você acha que nesta noite o caderno ainda vai estar ali, pendurado nela?", nos perguntávamos entre uma onda e outra. Em algum lapso de lucidez, ela tinha encompridado a tira, acrescentando a ela um cadarço, e assim conseguia guardar o caderno no bolso de trás da calça. Era um milagre que não tivesse cortado o fio, ou que o caderno não tivesse acabado encharcado de xixi ou manchado de molho de tomate daqueles benditos pratos de macarrão que ficavam pela metade e que encontrávamos pela casa toda.

Havia estantes com livros dos dois lados da lareira. Minha irmã garantia que um exercício importante era tirar os livros um a um, ler todos os títulos em voz alta e recolocar o exemplar com a lombada para dentro. "Uma vez ocultos os títulos", dizia minha irmã com cerimônia, "a sede da poeta se despertará." Eu subia na escadinha e lhes passava os livros. Vez ou outra a poeta seguia as instruções e lia os títulos que iam chegando, mas mais cedo ou mais tarde saía da cadeira e começava a circular por ali. Uma vez perdido o interesse, só queria escapulir. Fechava-se no banheiro chorando, ia para a cama ou se escondia no quartinho de limpeza, que tinha uma dessas fechaduras velhas com as que se pode trancar por dentro.

"Sabem como me chamo?", ela nos perguntou certa vez.

"É melhor não dar nome às coisas", disse minha irmã.

Lamentei por sua grosseria, mas vi que a mulher ficou pensando. Estava tão agarrada ao seu caderno que até parecia capaz de abri-lo de repente. Eu queria vê-la por fim anotando alguma coisa, e fiquei esperando sem dizer nada, mas nem nesse momento um milagre aconteceu.

No mar, entre uma onda e outra, nós a chamávamos de "nossa poeta". Minha irmã disse que se soubéssemos seu nome e houvesse livros dela na casa, cairíamos na tentação de lê-la e julgá-la, e se éramos de verdade a inspiração, era melhor agir sem preconceitos. Pensei na biblioteca inteira, com todas as lombadas viradas para dentro. Será que a fizemos ler os títulos de seus próprios livros?

"Mas é cruel não perguntar o nome dela."

"Está vindo!", berrou minha irmã, e antes de afundar na água sorriu com malícia.

Se cruzávamos com outras mulheres da idade dela na praia, ficávamos pasmas ao vê-las tão frescas, com aquela leveza com que riem e contam coisas umas às outras. Nós as observávamos conversar, passar o protetor solar uma na outra com toda habilidade, e nos davam a impressão de serem animais de uma espécie diferente, talvez mais parecida com a de nossa mãe, mas definitivamente oposta à de nossa mulher. Gostávamos dela exatamente como era, tão estranha e tão arisca. E ainda assim às vezes chegávamos à casa e ela já nos esperava sentada no banheiro, pronta para a limpeza inicial. Penteávamos seus cabelos para trás, em um rabo longo e escorrido. Certa vez experimentamos maquiá-la do nosso jeito, mas ela ficou esquisitíssima, então a limpamos de novo e a deixamos como estava.

Arrumamos a cozinha, conferindo o fundo de cada armário. Era óbvio que era ali, em algum canto secreto dessa parte da casa, onde a mulher guardava as garrafas de vinho. Levamos duas noites inspecionando, desinfetando e reorganizando, e não encontramos espólio algum.

"Você acha que ela consegue sair de casa?", perguntei uma vez, no mar, à minha irmã. "Acha que ela compra a própria comida?"

Mergulhamos para deixar passar uma onda e saímos outra vez para respirar.

Apesar dos pratos de macarrão pela metade que apareciam às vezes, nunca a víamos comer, e estava magra.

"Podemos começar a cozinhar para ela", propôs minha irmã.

Lembro-me de uma onda forte, dessas que viram a pessoa do avesso mesmo que mergulhe para evitá-la, e de que, ao tirar a cabeça da água, fiquei olhando a orla e então vi o homem.

Reconheci sua figura alta e esguia, estava de costas, falando com mamãe enquanto papai lutava contra um dos guarda-sóis.

Demorei alguns segundos para raciocinar, sacudi minha irmã e lhe apontei a cena. Era ele, o homem que lia todas as noites na espreguiçadeira.

"O que vamos fazer? O que vamos fazer?"

O que ele estava contando à mamãe? Minha irmã já estava nadando na direção deles, e eu a segui. E se alguma coisa tivesse acontecido à nossa mulher?

Nadamos rumo à orla e, quando voltei a tirar a cabeça da água, meu pai tinha se juntado à conversa. O homem apontou para algum ponto entre as dunas, bem no sentido do quarteirão onde todos nós vivíamos. Usava um short amarelo que tínhamos visto nas primeiras noites, chinelos e uma toalha pendurada no ombro. Tinha deixado uma sacola de supermercado ao lado dos pés, assentia ao que mamãe estava dizendo. Saímos da água e olhei para minha irmã querendo trocar impressões, mas ela ia a toda velocidade na direção do homem, como se fosse evitar esse encontro ao se lançar contra ele. Alguns metros antes de chegar, diminuiu o passo, mudou de direção e foi direto atrás de sua toalha. Fiz a mesma coisa. Imitei o modo como enrolou os cabelos para fazer a água escorrer, ajeitou o maiô e se jogou rendida sobre a lona. Ficamos assim, deitadas de bruços e olhando nos olhos uma da outra, congeladas, como se tivéssemos acabado de morrer, mas ainda pudéssemos ouvir algumas palavras antes de descer ao inferno.

"Que horror", dizia minha mãe, que nem sequer se virou quando voltamos, "obrigada por avisar."

O meu pai estava de pé e deu um passo na direção do homem para lhe apertar a mão.

Houve um silêncio, e logo o ouvimos dizer:

"Estas meninas são filhas de vocês, presumo..."

Espiei de rabo de olho a cara dele por um segundo, ele me olhou e assentiu.

Na hora em que o homem se despediu, agachou por um instante para pegar a sacola de supermercado. E foi então que as vimos, as vimos e as ouvimos, todas aquelas garrafas soando juntas ao serem levantadas. Quatro ou cinco sinos cheios e reluzentes. Nós as tínhamos imaginado escondidas em algum lugar insólito da casa, mas a malícia com a qual o homem nos olhou ao passar desfez nossas suspeitas. Fiquei esperando que ele se afastasse um pouco para então dar um pulo até a mamãe e perguntar aos gritos o que ele tinha dito. Minha irmã não tirava os olhos de cima de mim, pôs lentamente um dedo sobre a boca me mandando ficar quieta. Tirou o dedo e sussurrou:

"Para o mar."

E embora as minhas pernas estivessem tremendo de tanto me manter boiando o dia todo, eu a segui sem pensar duas vezes.

Nessa noite, ao percorrer a casa durante nossa inspeção geral, não apenas encontramos as duas garrafas vazias de sempre como, além disso, identificamos a sacola que tínhamos visto na praia. Estava jogada no chão, na cozinha. Alguém havia rasgado o fundo de nylon como se tivesse arrancado seu conteúdo por baixo, as alças ainda amarradas da mesma forma estranha que à tarde na praia. Um nó apertado primeiro e depois um laço em cima, como se fosse um presente.

Quando pusemos a mulher sentada no banheiro para dar início a nossas atividades, ela estava tão bêbada como sempre. Umedeci a toalha, lavei seu rosto e suas axilas. Minha irmã se certificou de que a caneta continuasse bem amarrada à espiral do caderno, e o caderno bem amarrado ao pulso da mulher. Depois o abriu e o folheou de um lado e do outro, e me olhou fazendo que não, o que significava que, outra vez, não havia grandes avanços.

"Por que vocês não falam comigo?", perguntou a mulher. "Por que não me perguntam coisas?"

Nós a olhamos surpresas. Acostumadas à sua silenciosa obediência, era estranho ouvi-la falar. Pensei que tinha toda razão. Por que não lhe perguntávamos coisas? Ela tinha filhos? Talvez filhas da nossa idade? E se estavam mortas, e por isso gostava de nos ter em casa? Ela gostava de nos ter em casa? E o homem? Era seu marido? Mas minha irmã me olhava e já começava a pôr o dedo nos lábios. Depois, virou para ela:

"Se está em busca de inspiração...", lhe disse, e me fez sinal com o queixo para me incentivar a continuar.

"... deve se entregar ao vazio", soltei sem pensar.

Talvez a mulher não encontrasse a inspiração porque nós estávamos ali consumindo-a todas as noites. E se a energia com a que nos movíamos e a gana que tínhamos para tudo na verdade a confundissem ainda mais?

Decidimos deixar em ordem o quarto da mulher. Para entretê-la enquanto fazíamos nosso trabalho, a pusemos sentada em um banquinho no corredor. Minha irmã empilhou sete livros de poesia no chão, à direita dela. O exercício consistia em pegar cada um deles, ler em voz alta a primeira linha e empilhá-lo do outro lado, para recomeçar na ordem inversa lendo apenas a segunda linha, e depois a terceira, e assim por diante. Enquanto ouvíamos a voz dela, ébria, porém musical em algumas linhas, às vezes distraída e, outras, curiosamente concentrada, começamos a trabalhar. Pusemos em sacos toda aquela roupa que certamente ela não tinha usado em anos, incluindo casacos, vestidos longos e echarpes. Tiramos e ensacamos bolsas e sapatos rasgados ou em mau estado. Cintos, broches, todo tipo de coisas feias, muito amarrotadas, baratas ou simplesmente inaceitáveis para uma mulher como a nossa. Experimentamos alguns chapéus, íamos até onde ela estava e dançávamos ou pulávamos para chamar sua atenção. De vez em quando ela nos olhava, e em seu rosto parecia surgir uma ideia, ou uma recordação, embora na maior parte do tempo ficasse entretida com o exercício indicado sem levantar a vista em nenhum momento.

Minha irmã escreveu PARA DOAÇÃO em cada um dos sete sacos, enquanto eu os ia jogando, um a um, na calçada. Como a mulher continuava lendo, sentamos para descansar um pouco no sofá. Era esquisito não ter uma televisão na casa, e me distraí verificando que em quase todos os lugares onde podiam se apoiar coisas ainda havia marcas das taças de vinho. Tínhamos conseguido tirar as manchas do que era de vidro e de plástico, mas a madeira, o couro, os tapetes e o ladrilho do piso eram superfícies nas quais continuávamos fracassando. O roupão dela estava no chão e aproveitei para vasculhar os bolsos. Encontrei uma foto três por quatro, que examinamos por um bom tempo, de uma menina da idade da minha irmã. Parecia-se com a mulher; seria uma filha ou uma irmã? Ou talvez ela mesma mais jovem?

Antes de irmos embora, minha irmã disse que precisávamos de um papel grande, ao menos do tamanho de uma cabeça. Papel havia pela casa toda. Nos livros, nos cadernos usados da mulher, nos jornais e revistas. Mas minha irmã queria que fosse em branco, e eu já estava tão cansada que acabei sentando na sala e ficando ali enquanto ela ia de um lado para o outro. Nunca tinha visto na vida minha irmã desistir. De repente ela parou e se virou para mim, iluminada. Demorei em me virar para a mulher e entender o que estava acontecendo, ela tinha antecipado as intenções da minha irmã e estava abraçando o pequeno caderno contra o peito. Minha irmã deu um pulo para a poltrona, subiu, pulou para o outro lado feito uma acrobata de circo e se pendurou nos ombros da mulher, que se sacudia para um lado e para o outro para tirá-la de cima. Levantei e dei alguns passos para trás. O que estávamos fazendo naquela casa? O que estávamos fazendo de verdade com aquela mulher? Ela era a nossa poeta, íamos abandoná-la daquele jeito, de um dia para o outro, assim que as férias terminassem? Ela pensaria em nós? Sentiria a nossa falta? E se descobríssemos seu número de telefone e lhe ligássemos de vez em quando para ver se atendia? E se lhe mandássemos cartões-postais? E quem a limparia todos os dias? E se com a nossa ausência ela se pendurasse outra vez no ventilador e por fim conseguisse se matar, seríamos culpadas?

Minha irmã saiu de cima da mulher, tinha conseguido pegar o caderno arrancando a tira do pulso dela, e a mulher segurava uma das mãos com a outra, como se tentasse estancar uma hemorragia. Parecia que minha irmã havia lhe tirado o coração e o levado a metros de distância para ver se ainda assim continuava batendo. Minha irmã procurou e arrancou seis páginas em branco. Em seguida lhe devolveu o caderno, mas de má vontade, e a mulher o ficou segurando sem saber o que fazer, tão perdida e devastada que fui até ela, peguei-a pela mão e a levei ao sofá para sentar. Voltei a prender a tira ao pulso, ajeitei seus cabelos, que tinham ficado feito um redemoinho, e lhe disse:

"Quer nos dizer o seu nome?"

Achei que isso a acalmaria.

"Sim, por favor", ela respondeu, mas, no lugar de dizer, começou a chorar.

Tive que sentar ao lado dela e acariciar seu braço por um bom tempo, até que enfim se acalmou.

"Minha irmã me chamava de Pitis."

Eu queria ter perguntado onde estava essa irmã e por que a chamava assim, mas sabia que minha própria irmã censuraria toda nova pergunta.

"Sou alcoólatra", disse.

Àquela altura sua confissão era bem engraçada, e acabei rindo, apesar de não querer. Fiquei com vergonha.

"Faço isso por necessidade", ela disse.

Achei uma afirmação lógica, então assenti, para que visse que eu a compreendia.

"Sóbria fico muito perigosa para os outros."

Procurei minha irmã com o olhar, queria que ela também a ouvisse, agora que, depois de dias de silêncio, a poeta por fim começava a compartilhar algo pessoal. Mas onde ela tinha se enfiado? Eu a encontrei na cozinha, sentada diante das seis folhas do caderno unidas com durex. Finalmente tinha seu papel em branco do tamanho de uma cabeça.

"Pitis", eu disse, "ela se chama Pitis!"

Minha irmã me olhou com dureza e, para minha surpresa, assentiu e voltou a se concentrar no que estava fazendo.

Tinha recortado as iniciais de várias manchetes de revistas e as colava uma por uma no papel. Quando terminou, me mostrou, e dizia SE ENTRAR, CHAMO A POLÍCIA. Não sabíamos se o truque funcionaria, mas não era má ideia tentar ao menos por uma noite. Debatemos o que poderia acontecer a uma alcoólatra se deixasse de beber por um dia. Seu humor melhoraria? Seu humor pioraria? E caso se curasse de repente e trancasse a casa e nem a nós deixasse entrar? O importante era que um dia sem álcool não a matasse, minha irmã disse que isso podia acontecer quando a pessoa largava as drogas. Decidimos correr o risco e saímos para colar o cartaz na porta da entrada. Enquanto minha irmã o segurava na porta, eu o ia grudando com bastante durex em volta. Minha irmã me olhou um instante, como se finalmente reparasse em mim, e eu olhei seus braços fortes e bem esticados, aveludados pelo sal da água, e tive uma vontade louca de mordê-la ou de lhe dizer que a amava. Não houve, em todos aqueles dias, um momento mais perfeito para ter lhe dado um abraço. Se o cartaz não tivesse ficado bem grudado, se o durex não tivesse aguentado o sereno, as coisas teriam sido diferentes?

Acordamos a mulher, que tinha adormecido no sofá, e a levamos de volta à privada. Estávamos, outra vez, as três no banheiro.

"Pitis", disse minha irmã segurando as mãos dela entre as suas. "Amanhã chegará o bloqueio total."

A mulher olhou para ela sobressaltada. Desvencilhou-se e segurou na borda da privada.

"Chegará", confirmei, e não sabia o que mais dizer.

"Como assim?", perguntou a mulher, estava mesmo prestando atenção.

"Baterá na porta", disse minha irmã. "Terá a voz dele."

"A voz dele?", nos olhou assustada.

"Se você responder, a inspiração desaparecerá para sempre."

Minha irmã se esticou para fechar a porta do banheiro, a mulher fez que não.

"Você tem que ficar aqui dentro."

"O dia inteiro?"

Fiquei impressionada ao ouvi-la formular tantas perguntas, quase parecia que estávamos mantendo um diálogo.

"O bloqueio total entrará pela chaminé", disse minha irmã apontando para cima e para a sala, "se arrastará como fumaça pelo chão, pela casa toda, buscando as áreas mais úmidas."

A pele dos braços da mulher se eriçou, e senti como o arrepio me contagiava. No banheiro, a voz da minha irmã ressoava nos azulejos com uma autoridade grave e divina.

"Virá até o banheiro e, diante do banheiro, se deterá."

"Por quê?"

"Porque verá esta fresta." Mostrou o espaço estreito que separava o chão da madeira, uma linha longa e escura que achei tenebrosa.

"Lerá, na luz, uma ameaça", eu disse.

"Não entrará", disse minha irmã, "mas se você sair para abrir ao homem, o bloqueio a encontrará."

Fizemos que não com a cabeça as três ao mesmo tempo, e achei que isso era o sinal inequívoco do sucesso.

Na praia, boiamos entre as ondas quase o dia inteiro. Havia muita coisa para pensar e considerar. E se a mulher abrisse a porta ao homem de qualquer forma? E se não abrisse, mas o homem mesmo assim lhe passasse as garrafas pela janela ou as largasse ali mesmo, ao lado da porta?

Tínhamos coberto a banheira com colchas e travesseiros e deixado livros e um copo para que ela mesma pegasse toda a água que quisesse. Cozinhamos uma caixa inteira de macarrão com duas latas de molho de tomate, comemos a metade e deixamos o resto, além de um garfo.

O que a mulher estaria fazendo?, nos perguntávamos pela manhã, e também ao meio-dia, e à tarde depois de almoçar, e à tarde antes de ir embora da praia, e em casa enquanto preparavam o jantar, e na cama enquanto esperávamos que tudo ficasse em silêncio, deitadas de roupa, contando os segundos que eram milhares e pareciam nunca ter fim.

Na casa, o cartaz ainda estava colado na porta. A porta estava destrancada, como sempre, e dentro tudo estava como havíamos deixado. Passamos pela cozinha, sala e corredor sem ver nenhuma garrafa. A porta do banheiro continuava fechada. Batemos algumas vezes.

"Pitis?", perguntamos.

Abrimos e, de imediato, na escuridão, não a vimos. Uma mulher ocupa bastante espaço, não é uma coisa fácil de perder em um banheiro, mas era preciso prestar atenção para encontrá-la, afundada na banheira entre colchas e travesseiros, dormindo profundamente. Era uma imagem terna e serena. Quando acendemos a luz, ela tapou o rosto com as mãos, esfregou os olhos e se aconchegou placidamente. Havia comido todo o macarrão e tinha o copo apoiado na borda da banheira. Estivera brincando com a maquiagem, abrindo tudo ao pé do espelho, embora seu rosto e suas mãos estivessem limpos. O papel higiênico jazia desenrolado em uma grande pilha gorda entre o bidê e a privada.

A mulher se aprumou devagar, contente de nos ver. Tinha uma expressão estranha na boca, desconhecida para nós, e quando tentou se ajeitar, percebi que suas mãos tremiam um pouco.

"Vejam", ela disse.

Teve dificuldade de se mexer entre as colchas, ainda estava sonada. Enfim conseguiu virar e levantar na nossa direção. Minha irmã sentou no bidê e se inclinou para a mulher, o que ela queria nos mostrar? Sentei na beirada oposta da banheira. Ela tinha desamarrado o caderno do pulso e o estendeu aberto para minha irmã. Tinha escrito alguma coisa? A letra era trêmula, mas minha irmã foi deduzindo as palavras uma a uma e lendo-as em voz alta:

Me entedio,
adoeço,
é simples, logo penso.
Tudo o que acontece
tem que ser isto que sou.

A mim parecia que não tinha muito sentido, nem que fosse algo poético.

"Fala da sua irmã ou do seu marido?", perguntei.

"É lindo." Minha irmã estava emocionada.

Olhava o poema séria, de um jeito que nunca a tinha visto ler antes.

"Preciso sair", disse a mulher.

Minha irmã levantou e a esperou na porta do banheiro, apertando o caderno com tanta força entre a palma da mão aberta e o peito que fiquei pensando que poderiam voltar a brigar por ele. A essa altura, o caderno era da minha irmã ou da mulher?

"Eu quis dizer sair de casa", disse.

Me assustei. Sair era perigoso. Se permitíssemos que ela andasse por aí sozinha, será que poderíamos perdê-la? Ela se virou apoiando as costas na parede da banheira, pôs as pernas para fora e tomou impulso com os braços. Num pulo já estava de pé. Era a mulher de sempre, e ao mesmo tempo havia alguma coisa nova nela. Olhou-se no espelho e lavou o rosto sem que tivéssemos que fazer ou dizer nada. Será que era fácil assim? Bastava parar de beber por um dia para que a inspiração entrasse pela escuridão de uma fresta e a pessoa acordasse no dia seguinte com essa energia? Com as mãos molhadas, puxou os cabelos para trás e os prendeu no alto desordenadamente, um jeito de amarrá-los que nunca passou pela nossa cabeça e que ficou lindo, e saiu do banheiro sem que minha irmã tivesse dito que sim ou que não. E se na rua ela começasse a correr para algum lugar sem parar? Como íamos pegá-la? Olhei para minha irmã, mas em seu olhar havia algo diferente do meu medo, algo curioso e voraz, e um segundo depois já estávamos seguindo a mulher pela casa toda. Foi até o quarto, pôs um jeans e uma camiseta.

"Quem quer leite com chocolate?", perguntou.

Ela abria os armários da cozinha, porta a porta. Tínhamos limpado tanto que alguns estavam vazios. O pouco que restava estava organizado por tamanhos e cores, e nenhuma de nós se lembrava onde estavam os pós que vinham em caixas. Acabou servindo água em três xícaras de café, mas depois do primeiro gole jogou a água na pia e ficou olhando para o teto.

"Acha que consegue escrever mais?", minha irmã perguntou.

A mulher assentiu com tanta confiança que me fez ter dúvidas sobre o que minha irmã estava perguntando.

"Acha que pode me ensinar?"

A mulher voltou a fazer que sim, e disse:

"Vamos para a praia."

"De jeito nenhum", protestei eu.

E já estavam saindo à rua.

Andar com as duas por aí me deixava aflita. Nos afastar daquela casa e da nossa, nos afastar inclusive da casa do homem. Para além do quarteirão onde morávamos, a noite parecia sombria; e a mulher, ao lado da minha irmã — mais miúda e jovem —, quase leve.

Atravessamos outra rua, descemos pelas dunas e já estávamos muito perto. E se ela quisesse entrar na água? Íamos descalças e me impressionou a areia estar tão fria. Parecia um lugar diferente daquele a que nos levavam todas as manhãs de férias. Depois tudo aconteceu muito rápido. A mulher viu o mar, tirou a camiseta e a calça e, de calcinha e sutiã, começou a correr para a beira d'água. Minha irmã ainda estava com o caderno, mas me deu em seguida.

"Não pode molhar!", me ordenou.

Afastou-se correndo, assim, vestida como estava. Usava o *jumper* amarelo e, debaixo, o pijama. Parecia que as duas tinham o mesmo tamanho, e embora eu soubesse que era porque a mulher estava mais longe, a semelhança me espantou. Brinquei de não saber quem era quem e entendi o quanto eu amava as duas. Apertei com força o caderninho contra o corpo, e assim as vi entrar no mar pouco a pouco. Jogaram água uma na outra, gritavam sob o estrondo das ondas, que já se aproximavam delas. Em algum momento uma mergulhou, depois a outra, e logo eram apenas duas cabeças saindo para respirar. Estavam nadando mar adentro? As cristas cresciam nervosas, as ondas eram grandes demais. Caminhei em direção à beira, depois começei a correr. Conhecia essa distância de cor, eu e minha irmã a descíamos competindo todas as manhãs para ver quem chegava primeiro, mas nessa noite eu corria, corria, e o mar tinha se afastado tanto que não o alcançava nunca. Então a cabeça da mulher desapareceu. Cheguei na água e ainda dei alguns passos mais. Sentia os pés tão gelados que doíam. O caderno estava sob a minha responsabilidade, eu não podia entrar, mas não se via a segunda cabeça em canto nenhum. Vi uma onda se erguer atrás da minha irmã.

"Está vindo!", berrei.

Eu não estava brincando, era uma onda enorme e sabia que àquela distância ela não poderia me escutar. Afundou na água a tempo, a onda cresceu tanto que me pareceu algo extraordinário, a maior onda que eu tinha visto na vida. Estourou ao longo da costa, rolando na minha direção a toda velocidade, desarmando-se, aproximando-se borbulhante até me rodear as pernas, subir até a cintura e se retirar outra vez para o mar. Eu não via nenhuma das duas cabeças. Tinha parado de respirar. Apertava o caderno deformando a espiral contra o corpo. E então, finalmente, uma cabeça reapareceu. Apenas uma. Gritei, agitei as mãos pulando, e dos lados da cabeça saíram dois braços, mas não estava claro se estavam respondendo ou fazendo outra coisa. Conseguiu chegar um pouco mais perto aproveitando o impulso de outra onda, e voltou a se afastar um segundo depois. Recostou-se na própria nuca, como se precisasse descansar para continuar. Quando entendi que era a mulher, quis soltar o caderno. Voltei a gritar, na verdade não tinha parado em nenhum momento de gritar todo aquele tempo. Chamava minha irmã com todo o ar dos pulmões, como se pudesse fazê-lo chegar. A cabeça da mulher se afundou e emergiu várias vezes, parecia que agora, sim, estava nadando.

Vez ou outra parava e se virava para o mar. Gritava, as mãos nos cantos da boca, os cotovelos dobrados para os lados, mas o que gritava? O barulho das ondas não me deixava escutar. Talvez agora, sim, começasse a dar pé, pois seus ombros estavam aparecendo, ela girava desesperada o torso para um lado e para o outro, como um radar fora de controle. Seu corpo começou a emergir, erguia sobre ele a cabeça, balançando-a desajeitadamente. Está voltando, eu dizia a mim mesma, está mais perto, está saindo do mar sem a minha irmã. As minhas pernas tremiam tanto que por fim me deixei cair. Primeiro de joelhos, depois também a palma das mãos na areia, e a água me dando bofetadas, uma atrás da outra. Respirei, e embora a água tenha entrado no nariz, e do nariz para a garganta, e da garganta para o estômago, voltei a respirar e pensei quem sabe estou me afogando, pensei também no ventilador da mulher, e então percebi que tinha soltado o caderno, e me espantou entender que eu não ia fazer nada, que ia deixá-lo ir. A água subiu e eu me elevei com ela, e quando baixou voltei a tocar a areia do fundo com a palma das mãos. Pensei que, se encontrasse uma coisa no mar naquele momento, poderia ser minha irmã. Um braço, um pé, estava pronta para me agarrar ao que fosse. E um segundo depois minha cabeça estava em outro lugar, e já não havia necessidade de aferrar-se a nada.

O impulso me puxou para cima pela barriga. Não era eu quem estava fazendo aquilo, era a mulher me levantando, me tirando da água com uma força que não imaginei que tivesse. Eu estava no ar, a cabeça pendendo, o olhar perdido na espuma agitada, os meus braços e pernas pendendo frouxos. Uma onda nos derrubou, mas ela me ergueu outra vez. Com muito esforço, acabou nos tirando do mar.

Na orla, desabou. Parte do seu corpo caiu sobre o meu, e assim ficamos. O farol piscava, branco e diminuto, não era forte o suficiente para nos iluminar nem parecia ter mais energia que para si mesmo. Acendia, apagava, acendia outra vez. Parecia que cada centelha demorava a chegar mais que a anterior, como se quisesse parar. E ainda assim piscou por horas, e depois por dias, e semanas, até que no momento menos esperado a mulher se separou de mim. Ergueu primeiro o torso, ainda encharcado, branco e violáceo como o mármore. Ficou de pé com um suspiro doloroso. Estiquei a mão e toquei seu tornozelo frio e nu. Ela permaneceu imóvel por um instante, esperando que a energia do meu movimento se esgotasse. Quando o meu braço caiu outra vez na areia, ela respirou bem fundo e se afastou.

A pedido da minha mãe, minha tia veio me buscar em Atlántida para me levar de volta a Buenos Aires. Meu pai voltou uma semana depois, e minha mãe, quase um mês. Não houve mais férias em família. Terminei o ensino fundamental e o médio, estudei por dois anos na universidade, mas nunca me formei. Mamãe e papai venderam a casa e se mudaram para um apartamento menor. Casei, tive dois filhos que me mantiveram ocupada até a adolescência deles. Quando começaram a sair, me lembrei do quão sozinha sempre me senti, então minha tia me pediu ajuda no salão de cabeleireiro dela, acho que para me distrair um pouco, e eu me deixei distrair. Entre o salão, os filhos e as ceias de Natal, um dia olhei as minhas mãos e descobri como estavam velhas. Quando me divorciei, vendi quase todos os móveis da casa e decidi me mudar de novo. Mas minha mãe morreu alguns meses depois, "vá ver o que aconteceu", repetiu em delírio em seus últimos dias, e eu sabia exatamente o que ela estava me pedindo.

Fiz a mala, peguei o ferryboat para Montevidéu e, de lá, um ônibus. Aluguei uma casinha por uma semana, mas já se passaram cinco anos, e ainda estou aqui. O que aprendi em Buenos Aires, no salão de cabeleireiro da minha tia, aplico agora nesse outro salão de Atlántida onde trabalho, bem em frente à sorveteria Flamingo. Tenho a foto daquela última tarde que a visitamos presa com ímã no aquecedor da cozinha, com nossos *jumpers* amarelos já quase beges de tanto uso. Não costumo ir ao mar, nem me aproximar da praia brava. Prefiro estar sempre no salão, pronta para quando d. Pitis vier. Eu me certifico de que lhe tragam o café amargo e sem leite, e deixo que tudo aconteça em silêncio, fazendo o meu trabalho com o mínimo de diálogo possível. Ela bebe seu café aos goles enquanto eu escorro a areia de seus cabelos e desembaraço com cuidado os nós procurando novas pedrinhas e caramujos. Ela não me olha nos olhos, não diz obrigada, não paga. Todas as vezes lhe mostro na palma da mão os três ou quatro caramujinhos que resgato. Ela abre a mão e da minha palma eles caem na dela, como ossinhos de criaturas minúsculas.

E então se passam muito mais que duas semanas, talvez inclusive mais de um mês, até que concluo que Pitis não vem mais. Alguma coisa aconteceu, e trabalho todos os dias com toda a minha atenção voltada à espera por ela: Pitis não vem mais. Até que uma noite, ao terminar o expediente, reúno forças e tomo uma decisão, pego o xampu e outras coisas de que preciso e vou até a casa.

Ali está a fileira de azulejos verdes sob o teto, bem atrás do quintal onde ficávamos fazendo carinho no labrador para que não latisse. Em todos esses anos penteando-a, houve vezes em que me imaginei voltando à casa, cruzando a cozinha, a sala, o quarto, o banheiro onde todas as noites começávamos nossa jornada. Eu me imagino de novo sentando d. Pitis na privada, umedecendo uma toalha para lhe limpar o rosto e as axilas. Quero percorrer outra vez esses espaços e ver o quanto posso continuar confiando na minha memória, como estarão as coisas, se haverá algo de nós ainda ali, sendo conservado na casa. Algo da minha irmã.

A porta está aberta e entro sem bater. A cozinha é a mesma cozinha, e a sala, a mesma sala. Embora o lugar esteja escuro, posso adivinhar quão velho e desbotado está tudo. Trocaram o sofá por um menor e tiraram alguns quadros da parede, deixando molduras ocre mais claras aqui e ali. A bagunça é a mesma. Os pratos sujos, as garrafas vazias, os livros e as roupas jogados por todo lado, os sacos de batata frita pela metade. No chão, no umbral entre a sala e a cozinha, há uma sacola com quatro garrafas fechadas. Reconheço o nó, aquele laço peculiar que o homem fazia nas sacolas que deixava para ela. Eu o vi mais de uma vez naquela cidadezinha, mas nunca me passou pela cabeça a possibilidade de que, depois de tantos anos, ele continuasse visitando-a.

Permaneço quieta por um momento no corredor, me perguntando se é mesmo uma boa ideia seguir até o quarto. Lembro-me do gato, os olhos amarelos fixos na minha irmã, e no silêncio ouço o ventilador. Gira lentamente, mesmo depois de todos esses anos. Cruzo o corredor e paro no umbral. O quarto está escuro e há alguém na cama, sob o lençol. É a mesma cama, grande demais para este espaço pequeno.

"Oi?" Não restam dúvidas, é a voz de d. Pitis.

Vislumbro seus pés nus surgindo de debaixo do lençol, me aproximo e me agarro à barra metálica à qual eu e minha irmã costumávamos nos agarrar.

"Oh!", diz ela. "Até que enfim!"

Parece emocionada.

"A inspiração!"

O dorso dos pés se estica por um instante. Eu os pego, aperto com força, talvez força demais para aqueles ossos delicados. Mas ela não reclama. Está tão gelada que tenho que fazer um esforço para ficar onde estou e não soltá-la outra vez.

O Todo-Poderoso faz uma visita

Ia até o terceiro andar da clínica Graziano e sentava no banco de madeira, bem em frente ao quarto de sua mãe. Se chegava depois da distribuição das refeições na hora do almoço, encontrava grande parte dos idosos dormindo, e podia ler de costas para o sol por um bom tempo, quase em completo silêncio. Às vezes também cochilava. Quase nunca entrava no quarto da mãe, que de todo modo já não a reconhecia. Mas lhe parecia importante passar algumas horas da semana na clínica, ficar de olho em como as coisas caminhavam. Se esperasse o suficiente, cruzava com alguma enfermeira e perguntava se tinha havido alguma mudança nos medicamentos, avisando quando faria sua próxima visita.

Tinha casado e se divorciado, tivera uma filha que usou o primeiro salário para se mudar para outro continente. Quando entendeu que a filha não voltaria, entrou num financiamento de um apartamento que nunca a agradou muito, mas que prometia prendê-la à responsabilidade vital de trabalhar até o último dia de sua vida. Porque naquela época pensava: se não for assim, como as pessoas se aferram à vida, como seguem em frente? Teria gostado de conhecer alguém na mesma situação, para ver como se virava, mas não era próxima o suficiente de ninguém para fazer uma pergunta assim.

Além da mãe, tinha o trabalho. Três horas de manhã, duas horas à tarde. Ia ao escritório às terças, e no resto dos dias trabalhava de casa. Tinha transferido o quarto da filha para o novo apartamento e o ajeitou tal como ela o deixara. Mantinha-o pronto para a eventualidade de uma visita cada vez mais improvável. Enquanto isso, usava essa única escrivaninha que tinham. Retirava os dois porta-retratos de flanela rosa, o porta-lápis e a caixinha de cerâmica com batons. Se a filha voltasse, ela seria capaz de reorganizar essas coisinhas nos dois minutos que leva subir de elevador até o quarto andar. Gostava de pensar que todos os dias voltava a tomar emprestado esse único canto da casa no qual conseguia se concentrar.

No meio da manhã ela se instalava ali com o computador e respondia as mensagens de atendimento ao cliente que iam chegando. Havia respostas automáticas para quase todos os problemas, bastava uma dose mínima de personalização, e tinha aprendido a pensar nas próprias coisas enquanto copiava, editava e enviava os textos. Ficava pensando no que era tudo aquilo, quer dizer, para que aquele papo todo de ter uma vida. Era uma coisa que em algum momento a gente devia entender? Uma coisa que a pessoa estava destinada a ver ou que devia fazer? Não esperava uma descoberta extraordinária. Mas se nessa coreografia de quase sessenta anos de baile que continuava a se mover bem debaixo do seu nariz não tinha havido até agora nenhum sinal, nada que lhe dissesse "é por isso que você está aqui", "é isso o que deve ser compreendido", então estava indo na direção certa? Para que fazia o que fazia? Ia até o terceiro andar da clínica Graziano, sentava no último banco de madeira, punha a bolsa à sua direita e o casaco à esquerda e começava a ler, pois por acaso não é isso que as pessoas fazem quando já estão cansadas de esperar?

Ali estava ela, confortável em seu banco, de costas para o sol com o livro na mão, quando viu aparecer uma idosa no fundo do corredor, avançando na direção dos elevadores. Passou em frente a ela arrastando as pernas com determinação. Estava usando a bata da clínica, fechada dos lados por cordões, e um par de sandálias brancas. Ela a viu parar a alguns passos de distância e se voltar de repente em sua direção.

"Tem moedas?", lhe perguntou. "Tenho que pegar o metrô agora mesmo."

Ela vasculhou os bolsos. Sabia que era uma encenação, que não tinha nada, era só um jeito de demonstrar que entendia o problema e que tinha boas intenções, as enfermeiras viriam atrás da idosa logo mais. Ela lhe sorriu enquanto procurava as moedas, e na atuação encontrou três, que tirou, surpresa, do bolso. Queria ver quanto somavam, mas abriu a palma da mão e a idosa pegou o dinheiro.

"Eu lhe devolvo", disse a senhora, e se afastou para o hall.

Ela a viu esperar o elevador, entrar nele e escolher o andar. Quando as portas se fecharam, o visor foi indicando a descida até o térreo, e aí parou. Ficou pensando quão grave podia ser o que tinha acabado de acontecer, considerou até mesmo avisar as enfermeiras, embora não fosse nada fácil interrompê-las. Ficou parada no meio do corredor sem saber o que fazer, até que ouviu sua mãe queixar-se no quarto e foi até lá para ver o que se passava.

"Mamãe", ela disse.

Contemplou-a por um instante da soleira da porta. Quando dormia, a forma como relaxava a mandíbula lhe recordava a de sua própria filha. Talvez ela também fizesse o mesmo, mas era impossível saber, pois não havia ninguém que a visse dormir. Os restos do almoço estavam empilhados em uma mesinha alta que servia de bandeja e que alguém tinha afastado da cama. A comida de sua mãe, diferentemente da dos outros pacientes, vinha em pratos de plástico, pois ela tinha adquirido o costume de arrebentar as coisas no chão. Tinha ataques nos quais fervia de raiva. Afastar a mesinha com os restos de comida assim que ela terminasse economizava tempo de limpeza e dava um pouco de tranquilidade aos outros pacientes. Talvez por causa da recordação do último espetáculo que acabou presenciando, sentiu-se de pronto terrivelmente cansada e decidiu que era melhor voltar no dia seguinte. Retornou ao corredor e fechou a porta com cuidado.

Na rua estava chovendo. Cobriu os cabelos com o lenço e apertou a bolsa debaixo do braço para que suas coisas não molhassem. Queria chegar ao apartamento e tirar os sapatos e a calça. Embora raramente tivesse apetite de verdade, lembrou que ainda lhe sobrava um pouco do ensopado ao curry da noite anterior. Desceu para a estação. Na plataforma, esperando distraída em um dos bancos, viu a idosa. A bata conseguia cobrir o corpo dela, mas se abria dos lados mostrando as pernas finas e brancas. Três homens jovens a olhavam de viés e riam. Foi até ela, interpondo-se, e sentou ao seu lado. O metrô chegava à estação com um grande estrondo.

"Posso acompanhá-la de volta", ofereceu-se, com a esperança de que a idosa a reconhecesse, e como receou que não a escutasse bem, repetiu mais alto.

"É muita gentileza sua", respondeu a senhora, ficando de pé, "mas preciso ir para casa."

O metrô parou, as portas se abriram e a idosa entrou no vagão. Era também a direção da mulher, então subiu. Pensou em ligar para a clínica, podia esperar com ela na estação seguinte até que passassem para buscá-la, mas se a idosa se negasse, ela não saberia como retê-la.

No vagão, os passageiros as observavam. Ela acenou para outra mulher, que parecia prestes a oferecer ajuda, ou perguntar o que estava acontecendo, acenou como quem diz é assim mesmo, é preciso ter paciência, e a mulher pareceu entender e não voltou a olhar para elas. Quase lamentou que não tivesse insistido um pouco mais.

Chamava-lhe atenção que ninguém cedesse um assento à idosa, talvez por causa da obstinação com que parecia ignorar a própria fragilidade, tão agarrada ia ao corrimão, ou talvez por sua atenção estar posta apenas no que acontecia do lado de fora. Em cada estação em que o metrô freava, a idosa virava a cabeça de um lado para o outro à procura dos nomes no mapa do trajeto. Parecia que tinha dificuldade de reconhecer onde estava.

Por duas vezes perguntou à idosa se era essa a parada dela, e nas duas vezes a idosa disse que não, que era a seguinte. Quando chegou a própria parada, ficou aflita ao vê-la se aproximar das portas para descer também.

Tentou andar junto a ela para provocar algum tipo de diálogo, mas a idosa era desesperadamente lenta, e na metade das escadas simplesmente apressou o passo e saiu à rua deixando-a para trás. Embora a chuva tivesse minguado um pouco, parou sob o toldo de um comércio. Sentia-se responsável, e essa incapacidade de se liberar dos problemas alheios a exasperava. A idosa estava subindo o último degrau da estação com tanto esforço que teve que voltar até ela, tomá-la pelo braço para ajudá-la e perguntar-lhe o que pensava em fazer em seguida.

"Vou para a minha casa", disse a idosa, "já disse!"

"E onde é a sua casa?"

A idosa tomou ar como se reunisse paciência, se endireitou um pouco. Depois olhou para os lados soltando o ar que tinha tomado, até que o corpo voltou a se encurvar, retomando sua posição inicial. Era um gesto tão caricatural que ela sentiu até sua própria aspereza, o tédio que estava lhe infligindo com suas perguntas em vez de fazer algo útil para ajudá-la.

"A senhora gosta de chá branco?", perguntou. "Se quiser, moro aqui pertinho."

Em casa, ajudou-a a tirar as sandálias, lhe deu uma toalha para que secasse os ombros e o peito e lhe emprestou um casaquinho para se cobrir. Prepararia o chá e telefonaria à clínica. Não poderiam culpá-la por nada além de ter ajudado, e se a idosa contasse como tinha conseguido o dinheiro para sair, ela simplesmente negaria. Então a sentou à mesa da sala de jantar e foi à cozinha. Enquanto esperava que a água esquentasse, pensou em novas perguntas. Teria filhos? Estava internada havia quanto tempo? Por acaso conhecia a sua mãe? Quando levou a bandeja com o chá e umas bolachinhas, encontrou a idosa olhando a tevê desligada. Ligou o aparelho e beberam o chá em silêncio. Havia meses que fazer uma coisa dessas com a própria mãe tinha se tornado impossível.

Viram uma chamada sobre as cidades mais barulhentas da América Latina e uma entrevista de dois soldados ucranianos. Quando a jornalista lhes perguntou quanto tempo achavam que a guerra ainda duraria, a idosa disse:

"Está vendo que bonito está o Joel?" E pela primeira vez sorriu.

Depois de dois minutos de previsão do tempo, a mulher foi até a cozinha, procurou o contato da clínica e telefonou.

"Clínica Graziano, pois não?"

"Acho que encontrei uma paciente de vocês."

"A senhora se refere a alguém que deveria estar internado?", não havia surpresa na voz ao telefone. "Espere um momento, por favor."

Passaram a ligação para outros dois ramais até chegar a um médico que lhe descreveu uma "suposta fugitiva" e lhe perguntou se essa era a paciente que estava com ela. Assomou à sala para vê-la outra vez. A descrição não era nem adequada nem precisa, mas sabia que essa era a idosa, de modo que disse que sim.

Na volta, sentou ao lado da idosa e lhe explicou que tinha ligado para a clínica. Tentou perceber se ela entendia o que estava lhe dizendo, mas nada em seu rosto indicava que sim ou que não.

"O problema", disse, "é que eles não podem vir buscá-la."

A segurança da clínica exigia que os idosos internados se deslocassem apenas em ambulância, e nesse momento não havia nenhuma disponível.

"Vão ligar amanhã de manhã para organizar a sua volta", explicou. Dava-se conta de como ela mesma se sentia incomodada com a notícia, mas tentava não demonstrar à idosa. "Entende o que digo? A senhora tem que passar a noite aqui. Espero que não seja um problema..."

"E Joel?"

Ela fez que não com a cabeça, perguntando-se o que lhe daria para comer.

"Ele sempre chega tarde, mas chega", disse a idosa.

E se a senhora seguisse uma dieta rigorosa e ela lhe desse alguma coisa imprópria? Percebeu que também não sabia ao certo qual era a dieta da sua mãe, se é que tinha uma. E como e onde a poria para dormir? Deveria ajudá-la a assear-se ou a tirar a roupa? Dormiria de fato? Ou passaria a noite toda perambulando pela casa? Talvez fosse bom se lembrar de trancar o apartamento e guardar a chave em seu quarto. Estava aborrecida, arrependida de tê-la trazido com ela. As sobras do ensopado ao curry não seriam suficientes. Ela foi à geladeira para ver o que havia para cozinhar quando o interfone a fez dar um pulo.

"É o Joel", disse a idosa, da sala de jantar.

Foi até a porta e pegou o interfone.

"Pois não?"

Pelo interfone ouvia-se o trânsito da rua.

"Desculpe pelo incômodo", disse uma voz masculina, "é possível que a minha mãe esteja com a senhora?"

Ela olhou assustada para o corredor. Como podia ser? Ele as tinha seguido? Telefonaram para ele da clínica? Teriam lhe dito que alguém havia encontrado a mãe dele e lhe passaram seu endereço?

"É a minha sandália", a voz da idosa lhe chegava da sala de jantar, mas ela não conseguia vê-la. "A esquerda."

Ali estavam, as sandálias que ela mesma tinha lhe tirado e deixado ao lado da porta. Sem soltar o interfone, pegou a esquerda. Tinha uma fivela de plástico do tamanho da pilha de um relógio e, na tira da sandália, do lado de dentro, estava escrito: "Se encontrar a minha mãe, por favor, aperte o bipe :-)".

O interfone tocou outra vez e ela abriu a porta. Ficou se perguntando se tinha comida para três, e imediatamente censurou a estupidez da pergunta. Ajeitou os cabelos no espelho do porta-chaves. Estava cansada, e irritada, e nervosa, tudo ao mesmo tempo, e já era tarde demais para ir ao supermercado. No pior dos casos teria que pedir comida por telefone. E que idade tinha esse homem? Assomou ao corredor, podia ouvi-lo subir as escadas.

"Ele não pega elevador", disse a idosa.

Teve o impulso de fechar a porta. Ainda podia fazer isso e não abrir de novo, estava em seu pleno direito. Mas a idosa tinha se aproximado, empurrando-a de leve com suas mãos frias para que a deixasse passar, e já estava no corredor.

"Joel!"

Viu o homem chegar e deixar-se abraçar. Era alto e esbelto. Era uma cabeça mais alto que a idosa. Sua pele tinha um leve tom alaranjado, como o das pessoas que às vezes ela via sair dos salões de bronzeamento artificial. A idosa fez um gesto com a mão para que entrasse, mas ele foi discreto e primeiro olhou para a mulher, humildemente, esperando sua permissão.

"Claro, sim", viu-se obrigada a dizer. "Por favor."

E o homem já estava do lado de dentro.

Teria uns quinze anos a menos que ela. Não era jovem, mas havia um ímpeto singular em seus movimentos. Aproximou-se curioso do corredor que levava aos quartos e em seguida voltou a olhar para a mãe e sorriu.

"O que houve, mamãe? As pessoas continuam te dando dinheiro, como é que pode?"

"É preciso saber pedir", disse.

Agradeceu em silêncio que a idosa não tivesse contado nada mais. Perguntou ao homem se queria um pouco de chá, e ele aceitou. Enquanto o preparava, ouvia-os conversar e rir na sala. Estava usando mais chá branco nessa tarde que em todo o mês anterior. Tinha que convidá-lo também para o jantar? Tinha ainda a responsabilidade de cuidar do homem? Pensou em ligar outra vez para a clínica, mas o homem a escutaria falar.

Enquanto tomavam o chá, ele fez algumas perguntas. Onde tinha encontrado a mãe dele, se morava sozinha nesse apartamento, se tinha filhos. Mas assim que ela começava a responder, ele parecia perder o interesse. Falar o entusiasmava muito mais que escutar. Comentava a própria vida fazendo perguntas a si mesmo e respondendo-as em seguida.

Dizia que tinha uma academia de ginástica atrás do shopping center, e depois perguntava, mas a academia era realmente dele, ou ele era apenas um funcionário? Era toda dele. O que ele gostava não era dos músculos nem dos pesos, e sim de encarar, todos os dias, os próprios limites, e superá-los. Era uma coisa que podia ensinar às outras pessoas? Claro que sim, por isso tinha uma academia de ginástica.

"Vimos você na televisão", disse a idosa, "se saiu muito bem."

Ele assentiu distraído e continuou falando. Às vezes chegava gente à academia que nem conseguia parar de pé. Gente jovem, mas já acabada. Eram divorciados, cansados, endividados, mal alimentados, decepcionados com as próprias escolhas. Ele mesmo tinha feito boas escolhas? Não sabia, quem era ele para dizer, mas sabia que podia ajudar os outros, e era um saber que exigia compromisso.

"E você estava muito bonito", disse a idosa.

Ele falava e se mexia de maneira exagerada. Parecia consciente de cada parte de seu corpo, da camiseta justa no peito e nos braços, embora folgada na região da barriga, da coluna ereta, dos dentes brancos, dos cabelos meticulosamente desordenados no topete e raspados com cuidado sobre as orelhas e na nuca.

A idosa pediu para ir ao banheiro e não aceitou quando ela se ofereceu para acompanhá-la. Então lhe explicou que era a segunda porta do corredor. Viu-a fazer um esforço para levantar sem dar atenção ao monólogo do filho, e a ouviu se afastar aos poucos, arrastando os pés até que por fim encontrou o banheiro e fechou a porta. Então ela interrompeu o homem e lhe disse que tinha ligado para a clínica.

"E a senhora passou seu endereço a eles? Ou seu telefone? Eles pediram?"

"Nem isso."

Teve a impressão de que o homem intuía que também não tinham se oferecido para vir buscá-la. Contou que tinham lhe pedido que cuidasse dela e que ligariam no dia seguinte.

"É que ela foge o tempo todo", ele disse, "acho que já contam com o fato de que em algum momento ela consiga se perder de verdade."

Pensou em dizer que o entendia, e que sua mãe também estava internada ali, mas teve receio de que ele suspeitasse que ela tinha alguma coisa a ver com a fuga da idosa e preferiu não dizer nada.

"Vou ver se está tudo bem com a minha mãe", disse ele, levantando.

Ela gostava de ouvi-lo dizer "minha mãe" em vez de mamãe. Achava respeitoso, e sabia como era difícil manter esse carinho com as pessoas senis. Pôs as xícaras vazias na bandeja e levou tudo à cozinha. Quando voltou, a sala continuava sem ninguém. Aproximou-se do corredor e viu que a porta do banheiro seguia fechada. A luz do quarto do fundo, o de sua filha, estava acesa.

O homem estava deitado na cama, com os braços debaixo da cabeça e os olhos fechados. Não tinha tirado os tênis. Estava com as pernas cruzadas sobre o edredom florido e mexia os pés ritmicamente, cantarolando algo para si mesmo. Ela pigarreou e ele abriu um olho só, como que a espiando, depois sorriu e sentou baixando as pernas da cama.

"Peço mil desculpas", disse, embora não parecesse envergonhado, "a minha mãe continua no banheiro."

Soou a descarga e a porta do banheiro se abriu. Queria que o homem saísse da cama de sua filha, mas ele não se mexia, então ela decidiu que ficaria de pé na porta. A idosa se aproximou.

"Joel?"

"Estou aqui, mamãe." Estendeu as mãos para ela sem levantar, oferecendo-lhe um abraço.

A idosa foi até ele, tomou-lhe a cabeça e lhe deu um beijo na testa. Sentou ao lado e apoiou a têmpora no ombro dele. Ela não os queria no quarto, mas havia algo genuíno naquele amor, que a comovia.

"Peço desculpas novamente", disse ele, "de verdade. Sabe por que me desculpo duas vezes?"

"Porque nunca parece que está falando sério", disse a idosa.

Ele a segurava contra seu corpo, como se a ninasse.

"Espero que tudo esteja bem com a sua filha", ele disse.

"Ah, sim, está apenas viajando. Pode voltar a qualquer momento."

O homem passou o dedo pela madeira do encosto da cama.

"Uma viagem longa", ele disse olhando o pó do dedo.

Ela ainda estava na porta, precisava sentar, mas ia aguentar de pé.

"Quer que lhe diga o que penso?", ele limpou o dedo na calça.

O que ela queria era saber quando iam embora de sua casa.

"Conheço as pessoas, sabe. É a isso que me dedico."

Ficou olhando-a até que ela abaixou a vista.

"Acho que a senhora está assustada. Quer saber a que me refiro?" Levantou uma mão, a palma aberta para o chão. "A senhora é esta folhinha. O vento a leva para lá e para cá." A mão se moveu com fluidez de um lado para o outro, suspensa sobre o tapete de margaridas de sua filha. "Está vendo como esta folhinha se deixa levar? Sabe por que o vento faz com ela o que quer?"

"O vento seria a vida?" Não quis ser irônica, mas ficou incomodada ao constatar a que ponto acabava de ser.

A mão ficou parada no ar. Tinha dois anéis grossos e uma pequena cruz tatuada na segunda falange do indicador.

"Pergunto: a folhinha está disposta a ouvir a verdade?"

Pensou no que faria se o homem de repente se tornasse violento. Deveria chamar a polícia? A ideia a fez se sentir indefesa. Lembrou que ainda tinha um ímã na geladeira com os números de emergência, lembrava-se da cor e da fonte, mas agora notava que estava nervosa, e quando ficava nervosa tinha dificuldade de lembrar as coisas.

"Vou dizer", disse o homem, "vou dizer a verdade à senhora."

Ele afastou a idosa, que parecia ter adormecido, e a recostou suavemente no colchão. Sua mãe resmungou e se acomodou, ele pôs as pernas dela sobre a cama e as cobriu com a outra ponta do edredom.

"A senhora se deixa levar porque tem medo de quebrar. De não ser flexível o suficiente, entende?"

O homem deu um passo na direção dela, que se afastou da porta, retrocedendo. Ele voltou a erguer a mão entre os dois. "As folhas jovens fazem assim." Fechava e abria os dedos sobre sua palma, mostrando-lhe como se podia estar atento a um movimento como aquele. "As folhas secas... Bem, são mais propensas a se quebrar, nisso lhe dou razão."

Pensou no bipe preso às tiras da sandália esquerda, na descrição que o médico fizera da idosa, em como sua mãe, antes de jogar os pratos no chão, arregalava os olhos e escancarava a boca, como se o estouro lhe chegasse alguns segundos antes, ou ela o esperasse com uma antecipação desesperada.

"Mas a senhora é muito mais forte do que pensa." Ele a olhou de cima a baixo, estudando seu corpo centímetro por centímetro, e assentiu, como se confirmasse sua opinião. "E eu estou aqui para demonstrar isso."

O homem deu outro passo em sua direção, e ela fez um esforço enorme para não se afastar. Ele passou bem perto dela, sem sair do quarto, cheirava a plástico de coisas novas. O que estava acontecendo era estranho, porque podia sentir como seu coração quase lhe saía pela boca e, ao mesmo tempo, no quarto as coisas se passavam tão lentamente que ela era capaz de prestar verdadeira atenção em tudo, de contemplar e refletir sobre todos os detalhes. Surpreendia-se com a calma com a qual encarava o que estava acontecendo.

"A senhora vai até a porta de entrada e vai abrir a bolsa que deixei no chão. E o que a folhinha vai encontrar na bolsa do cavalheiro? Um presentinho. Vai pegá-lo e trazê-lo para mim."

Não esperou que ela respondesse, lhe deu as costas e logo se distraiu com a estante de livros da filha dela, acariciando com o indicador tatuado as lombadas dos livros que lhe atraíam a atenção. Ela se afastou. Se parasse por um segundo na frente da porta da cozinha talvez conseguisse ver o ímã da geladeira, tinha que fazer o esforço de guardar o número da polícia até que pudesse ligar. Viu a bolsa no chão, a ergueu e foi com ela até a cozinha. Decorou o número. Mas onde estava seu celular?

"E aí? Encontrou o presentinho?", disse, do quarto, o homem, mal levantando a voz.

Ela apoiou a bolsa na bancada e abriu o zíper. De repente entendeu o que tinha que fazer. Simplesmente sairia do apartamento. Se o elevador demorasse a chegar, ele imediatamente a alcançaria nas escadas, e ela então gritaria. Será que os vizinhos iam aparecer? Quanto tempo levariam? Ela abriu a bolsa. Viu a ponta de um cano metálico e entendeu que era uma arma mesmo antes de tirá-la.

"Silêncio na sala", disse a voz, "o vento levando a folhinha de cá para lá... Me traga seu tesouro, vamos ver!"

Ela tirou a arma da bolsa. Tinha que se movimentar com cuidado, porque estava tremendo e não queria que houvesse nenhum acidente. Tinha assistido a filmes o suficiente para saber que esse era o momento em que ela empunhava a arma e o ameaçava, bastava disparar em uma perna para imobilizá-lo, sair correndo do apartamento e bater nas portas do corredor, mas certamente não faria nada disso.

Voltou ao quarto com o peso da arma nas mãos. A idosa continuava dormindo, o que a fez perguntar-se se estaria morta. A velhinha tinha virado para a parede, ou ele a tinha virado, e seus pulmões permaneciam tão silenciosos quanto todo o resto do quarto. Mas onde tinha se metido o homem? Pelo barulho da água na privada percebeu que a porta do banheiro estava aberta. O homem entrou no quarto abotoando a calça.

"Venha para a sala", ele disse, e ao passar tirou dela a arma, sem nenhum cuidado.

Ele se afastou, ela o seguiu.

"Sente, por favor. Faça de conta que está na sua casa."

Ele lhe apontou a poltrona e sentou no sofá. A tevê estava ligada sem volume, ainda no canal de notícias.

"Sei que a senhora não vai com a minha cara e sei que acha que sou um mentiroso. Mas tenho mesmo uma academia de ginástica, amo mesmo a minha mãe, a minha mãe vira e mexe se perde mesmo por aí, e eu ajudo mesmo as pessoas a superar seus limites. Porque eu gosto e ponto-final", falava e mexia a arma, distraído. "É como um hobby, sabe?"

Ficou olhando para ela, de modo que ela assentiu.

"E às vezes, quando preciso de dinheiro, procuro um jeito de encher a carteira, como todo mundo. Diria que isso é roubar? Não, roubar é tirar dinheiro da pessoa sem dar nada em troca, e eu, como a senhora já deve ter percebido, tenho muito para dar. O que é que a gente tem que aprender aqui? Que uma coisa não elimina a outra. Tem dinheiro no apartamento?"

Ela fez que sim.

"Me dê uma ideia de quanto, mais ou menos."

"Tenho seiscentos dólares na cômoda do quarto."

Ele a olhou, esperando.

"E algumas joias, na mesma gaveta."

"Também vai me dar o seu cartão."

Ela assentiu e deduziu que era para levantar, mas ele a deteve, apoiando suavemente a mão em seu joelho.

"Espere, ainda não."

Na tevê, reprisavam a entrevista dos dois soldados ucranianos. A mão do homem continuava no joelho dela. Ele lhe deu umas palmadinhas e ela se perguntou se estaria pensando em estuprá-la. Quando era jovem, pensou mais de uma vez que uma coisa dessas poderia lhe acontecer, mas fazia anos que a ideia não lhe passava mais pela cabeça.

"Desculpe", disse ele, e retirou a mão.

"Fez alguma coisa a ela? Deveríamos chamar uma ambulância?"

"À minha mãe?", e ele riu.

Por um segundo parou para ver com atenção os soldados ucranianos, concentrado na boca daqueles homens mudos que interrompiam um ao outro. Ela respirou, a distração dele lhe dava um repentino descanso, e enfim respirou tão fundo que teve que se endireitar. A coluna se esticou, os pulmões se inflaram e, ainda assim, continuava entrando ar. Quando expirou, deixou sair também um suspiro sincero, e com o suspiro seus olhos se encheram de lágrimas. Secou-as com o dorso da mão.

"Não se preocupe tanto", disse o homem, que não havia tirado os olhos da tevê. "Vamos ficar apenas uma noite, não gosto de acordar a minha mãe no meio do sono. Descanse um pouco a senhora também, vai ver que amanhã vai ter um dia até bem normal."

Virou-se para ela e deu umas palmadinhas ao lado dele no sofá. Ela não se mexeu. Ele beijou a arma e lhe piscou um olho, voltou a dar as palmadinhas ao seu lado, de modo que ela levantou da poltrona e sentou no sofá, porém o mais longe possível dele.

"Perfeito", disse assentindo. "Parece que a senhora está começando a entender como gosto que sejam as coisas."

Ele pôs os pés em cima do sofá, esticando o corpo todo de barriga para cima, e apoiou a cabeça na saia dela. Ela levantou as mãos na mesma hora, tomando cuidado para não encostar nele. Era uma cabeça pesada e quente, e ver aquela cara ao contrário, de cima, era como ver a parte de baixo de um verme gigante. Os olhos estavam abaixo da boca, e olhavam para ela. As sobrancelhas eram exageradamente grandes. A boca estava longe, úmida e pequena, como se estivesse fora de lugar.

"Pode me fazer um agrado? Me ajude a dormir." Ele cruzou as mãos na barriga, com a arma enlaçada entre os dedos, e fechou os olhos. "Me coce, por favor." Bateu a ponta dos dedos no cano da arma. "Me coce."

Ela aproximou uma mão dos cabelos crespos. Afundou os dedos com cuidado, movendo-os devagar no crânio. Tentava fazer isso sem pensar, como quando abria um frango inteiro e tinha que quebrar duas vezes a rótula entre a pata e a coxa, e, como fazia com o frango, também com ele tentou respirar o mínimo possível. Quanto menos inalava o cheiro, menos sentia o que estava fazendo. Notou que, mesmo invertida, se lembraria daquela cara pelo resto da vida. Poderia descrevê-la à polícia sem pestanejar, com todos os detalhes, mas ele sabia onde ela morava. Pensou em sua filha, no que aconteceria se de repente ela lhe telefonasse. Não teria como deixá-la saber que estava em perigo. Nunca tinha pensado na necessidade de combinarem um código, uma palavra de segurança, como "açúcar" ou "queridinha", para uma saber que havia algo errado com a outra. Como tinham conseguido viver todos aqueles anos sem uma palavra secreta?

"Antes de pegar o seu dinheiro e devolver o seu celular, quero fazer alguma coisa pela senhora. Está precisando de alguma coisa?" Sem abrir os olhos, assentiu esperando pela resposta.

Ela pensou na própria mãe. Àquela hora já teria jantado e alguma enfermeira a teria agasalhado e teria posto a tevê no canal de documentários, que é a forma mais rápida de fazê-la dormir.

"Temos todo o tempo do mundo. Me diga em que posso ajudá-la."

Se o homem a matasse nesta noite, pensou assustada, a notícia poderia demorar dias a chegar à clínica.

"Fale", ordenou ele.

E, quando por fim a notícia chegasse, sua mãe entenderia o que lhe contariam? Explicariam direito a ela? Dizer uma vez só seria o suficiente ou ela se esqueceria na mesma hora? Sofreria a cada vez que tivessem que lhe explicar?

"Fale, estou mandando."

Ela tinha que dizer alguma coisa, o homem havia aberto os olhos e o tom de sua voz tinha se endurecido. E sua filha, quanto tempo demoraria para receber a notícia? Como a localizariam? Ela então iria visitar a avó? E a avó conseguiria reconhecê-la?

O homem sentou de repente, olhando-a furioso pela primeira vez. Ela queria falar alguma coisa, tinha que falar. Ele levantou, lhe apontou a arma na cabeça e a destravou. Era uma coisa tão insólita que ela não conseguia raciocinar.

"Sua velha de merda, me fale que porra posso fazer pela senhora."

Ela queria abrir a boca, qualquer coisa serviria, mas não sabia o que dizer. O homem deu um chute na mesa de centro, que caiu para o lado, quebrada em duas partes. As revistas voaram pelos ares. Ela fechou os olhos. Escutou ele se aproximar na escuridão, teve medo do cheiro de plástico novo, respirou e ali estava o cheiro, mais forte do que nunca. Sentiu como ele apoiava lentamente o cano frio na testa dela. Pensou por onde sairia a bala quando entrasse, e se deu conta de que não podia responder, de que não estava raciocinando bem.

"Nada?", gritou. "Não posso ajudá-la em nada? E eu sou o quê? Um idiota?"

Chutou mais alguma coisa. Ela estava aterrorizada demais para abrir os olhos. Ouviu um clique e em seguida um estrondo. Ele tinha disparado? Tentava identificar se sentia dor, se o estrondo poderia ser uma bala que tivesse lhe atravessado a cabeça. Estava morta? Era assim que iria morrer? Queria abrir os olhos, mas o terror a impedia. No entanto tinha acontecido um estrondo. Um barulho e nada mais. Abriu os olhos.

"Acha que sou um merda? Que não posso fazer nada por uma velha feito a senhora? Que porra estou lhe falando desde que entrei neste cu de apartamento? Que porra sei fazer?"

"O lustre", ela disse. Olhou o lustre que pendia sobre a mesa para lhe indicar a que se referia. "Pode consertá-lo?"

Ele virou, abaixou devagar a mão que segurava a arma e se aproximou da mesa. Parecia estudar o lustre, mas de repente se inclinou para a cristaleira e, esticando-se sobre os enfeites de porcelana, deu uma forte bordoada e jogou tudo no chão. Derrubou a cadeira com um chute, a pisoteou, quebrou o encosto de madeira arrancando um pedaço dele e, com a ponta lascada voltada para ela, chegou mais perto, ameaçando-a.

"Que tipo de homem de merda acha que sou?"

Era estranho, parecia que não estava mais assustada. Tinha havido um estrondo, não? E então estava realmente viva?

"Sabe qual é o problema das pessoas?" Estava com o pedaço de pau em uma mão e a arma na outra, e a ameaçava com os dois. "Todo mundo vive pedindo. Até parece que a academia de ginástica é a porra do escritório de atendimento ao cliente do Todo-Poderoso em pessoa. 'Quero endurecer os glúteos', 'preciso emagrecer', 'tenho que caminhar dez mil passos por dia'. Quero, preciso, tenho que. Mas sou eu! Eu sou a porra do especialista! Acha que não me formei? Acha que não me especializei? Acha que não experimento cada uma de todas as merdas que recomendo? Abra essa boca, caralho! Acha ou não acha?"

"Joel?"

A idosa tinha acordado, estava se segurando no batente de entrada do corredor.

"Ele, quando se irrita, fica um boca-suja", ela disse. "Mas ele não é assim."

"Mamãe", disse o homem, abaixando o pedaço de pau.

Ela aproveitou para ficar de pé. Ele recomeçou a gritar quando viu que ela se aprumava:

"Uma bosta de um lustre? É disso que você precisa?"

"Joel", disse a idosa.

"Me diga qual é a porra do seu problema! Abra a boca, merda!"

"A minha filha me assusta", ela disse. Sua voz estremecia feito papel laminado. "Quando ela era bebê..."

"Quê? Como assim?"

Ele deu um passo rápido na direção dela e com um empurrão a fez sentar outra vez.

"Me explica direito, porra!"

"Não sei!" Ficava angustiada por estar outra vez ali, na poltrona. Não ia poder levantar nunca mais?

Ele jogou o pedaço de pau e se inclinou para ela, era enorme. Pegou-a pelos ombros e a sacudiu com violência.

"Abra essa boca de merda!" Empurrou-a contra o respaldo para então lhe pegar pela mandíbula.

"Eu a odiava."

"Não estou entendendo." Estava tão perto dela a ponto de parecer que ia beijá-la.

"Quando ela era bebê, eu a odiava muito." Era difícil falar com os dedos dele lhe apertando as bochechas de um modo que o impedia de fechar a boca.

Ela tentou de todas as formas. Ele a apertou ainda mais.

"Foi um engano, agora eu a amo demais."

Ele aproximou os lábios da orelha dela e sussurrou:

"O que dói na senhora não são os meus dedinhos."

Apertou-a mais e ela sentiu o sangue entre os dentes.

"O que lhe dói?!"

Ela sentiu o impulso de gritar, mas era impossível.

"O rancor dela", disse, e ele a soltou.

Sentiu a boca adormecida de dor e, ao mesmo tempo, livre:

"O rancor da minha filha é como..."

Ele ergueu a mão para calá-la.

"É o suficiente", ele disse.

Ela se calou e ele se afastou alguns passos. Ficaram em silêncio.

Depois, ele chutou o pedaço de pau para um lado e deixou a arma na mesa. Encostava e desencostava as pontas dos dedos de uma mão na outra, como se esticasse um chiclete invisível. Talvez tenha pensado em dizer alguma coisa, mas no fim fez um gesto abrindo as palmas das mãos, com o qual parecia estar pedindo calma. Deitou no chão, flexionou as pernas e começou a fazer abdominais. Fez séries de cinco tipos diferentes de exercícios e depois ficou um tempo deitado de barriga para cima, com os braços e as pernas estendidos, entregue à agitação do corpo, até que começou a relaxar. A cada tanto olhava para o lustre, que ainda pendia do teto. Respirava rápido e fechava os olhos. Em seguida voltava a abri-los.

Quando se acalmou, levantou. Alongou o pescoço para um lado e para o outro. Aproximou-se da mãe, que o admirava distraída, e lhe ajeitou uma mecha do cabelo emaranhado para o lado direito. Pegou-a pelos ombros, parecia que agora queria acomodá-la em algum lugar, mas em meio ao desastre que tinha produzido, restara apenas o sofá. Acompanhou-a pacientemente e a sentou na ponta que estava livre. Procurou o interruptor, apagou a luz e voltou. Parecia que ia se instalar no meio, bem entre as duas, mas deitou, dessa vez com a cabeça do lado da mãe e os pés em cima da saia dela. A mãe afundou os dedos nos cabelos dele para lhe coçar a cabeça, se ajeitou e suspirou. Fechou os olhos e, sem parar de coçar, apoiou a nuca na parede.

Ela ficou um bom tempo olhando o apartamento agora às escuras, sentindo o peso das pernas do homem sobre as suas. Caso levantasse, ele acordaria. A arma estava na mesa, e o pedaço de pau, onde estava o pedaço de pau? Forçou-se a fazer algumas respirações, contando até sete ao inspirar e até nove ao expirar, tentando relaxar o corpo. Baixou os ombros, se concentrou na sensação da planta dos pés sobre o chão. Não precisava relaxar, precisava confirmar que continuava viva. Percebeu que o exercício funcionava quando soube por onde tinha saído a bala. Teve o impulso de tocar a si mesma, de confirmar, mas não teve coragem. Apoiou ela também a nuca na parede, relaxou os braços ao lado do corpo, afastando as pernas do homem, e fechou os olhos. Por um longo tempo fez-se tanto silêncio que ela chegava a escutar o tráfego da avenida.

"Sabe com o que eu trabalhava antes de ter a academia?"

Ela abriu os olhos. Os olhos dele continuavam fechados. A angústia retornou de repente.

"Feche os olhos", ele ordenou.

Ela os fechou.

"Estou lhe fazendo uma pergunta."

"Desculpe, estou um pouco dispersa, acho que..."

"Perguntei se sabe com o que eu trabalhava antes de ter a academia."

Fez um esforço, talvez soubesse, sim, talvez ele tivesse contado em algum momento.

"Sabe ou não sabe? É tão difícil responder?"

"Trabalhava com o quê?"

"Limpava vidros, pendurado nos edifícios."

Ela o ouviu suspirar profundamente, como se sentisse saudade dessa época. Ele limpou a garganta e ela pensou "lá vem a história do limpa-vidros". Mas ele disse:

"Sabe, uma noite, quando eu tinha sete anos, o meu pai me contou que, quando tinha a minha idade, pegou um gato do prédio, subiu com ele no colo até o quinto andar, pôs o bicho numa janela que dava para o pátio e o jogou de lá. Disse que o gato sobreviveu, mas só andava com as patas da frente. Sabe por que estou lhe contando isso?"

Ela levou alguns segundos para se dar conta de que devia responder.

"Não abra os olhos."

"Por que está me contando isso?"

"Por causa do que o meu pai disse depois, uma coisa que me explicou. Quer saber o que me disse?"

"O que ele disse?"

"Que desde então o gato deitava em frente à porta dos apartamentos, mas não entrava. E que se o bicho deitasse em frente à sua porta significava que alguém dali ia morrer. Então mais cedo ou mais tarde, em dois dias ou um ano, alguém morria, e todos ficavam de olho para saber em frente a qual porta o gato ia dormir depois."

"O gato sabia quem ia morrer?", perguntou ela.

"Como é que ia saber? Não. Era o meu pai que punha o gato. Disse que era fácil saber de quem era a vez. Que isso não era adivinhar, era observar verdadeiramente."

"E se alguém morria de repente, em um acidente?"

"Vez ou outra acontecia, mas as pessoas concluíam que o que o gato indicava eram as mortes determinadas, os acidentes eram outra coisa, não eram obra do Todo-Poderoso. Mas perguntei exatamente isso ao meu pai. Perguntei se ele acreditava em fantasmas, em mortos que voltam, em vivos que andam entre os mortos, bom, todas essas coisas. E sabe o que ele disse?"

"O que ele disse?"

"Que sim. O meu pai! Que claro que acreditava, e era por isso que tinha que se ocupar deles. Pode imaginar? E sabe o que é mais engraçado? Sabe? Estou lhe perguntando."

"Desculpe, sim, o que é o mais engraçado?"

"Que ele desapareceu, nunca mais o vi. Como um fantasma, percebe? Então eu estava ali uma tarde, pendurado numa tábua limpando os vidros do hotel Imperial, e do nada vejo uma coisa extraordinária. Conhece o Imperial? Vidros grossos, duas camadas pelo menos, por causa do barulho da avenida. Parei de limpar e olhei para dentro usando as mãos como viseiras. Era um quarto *deluxe*, cama *king-size*, escrivaninha, poltrona de leitura, lustres por todos os lados, e quem estava ali no meio, desabotoando a camisa? Pois eu mesmo, em carne e osso."

"Como você mesmo em carne e osso?"

"Eu em carne e osso, só que com vinte anos a mais. Mas lhe garanto que me impressionou tanto que demorei a entender que era o meu pai. Foi um choque, foi como ver uma pessoa que se conhece a vida inteira e ao mesmo tempo perceber que não a conhece nem um pouco. Foi como ver o Todo-Poderoso. Ele desabotoa o último botão e me olha. Mas me olha sem nenhuma surpresa, anda até mim, fico na dúvida se o vidro realmente lhe permite me enxergar. Já está tão perto que com a janela aberta eu poderia tocá-lo com a mão. Poderia me agarrar a ele se de repente as cordas da tábua se soltassem, estava tão perto que ele poderia me salvar. Mas ele fechou as cortinas. Fechou as cortinas. Entende o que estou dizendo?"

Por alguns segundos o homem não disse mais nada. Ela abriu os olhos. As luzes do edifício da frente tinham se apagado e tudo estava escuro.

"Entende?"

"Sim", ela disse.

"E o que é que a senhora entende?"

Ela ficou pensando naquilo de verdade. Havia alguma coisa que ainda não conseguia captar, como tinha lhe acontecido com o ponto pelo qual a bala teria saído, mas assim como tinha lhe acontecido com a bala, talvez só precisasse de um pouco mais de tempo.

"Me dê um momento, por favor."

"Claro", ele disse.

E os dois ficaram em silêncio. Ela repassou a história, mas logo já estava pensando outra vez em sua mãe e em sua filha, e se sentiu tão cansada que tampouco conseguiu concatenar algo específico em relação a elas. Entendeu que, se ele não ia embora, então ela precisava desaparecer. E talvez tenha sido o silêncio, o fato de que ele por fim tinha ficado quieto, o que fez com que a exaustão obrigasse seus músculos a se render. Perguntou-se se realmente era capaz de dormir em uma situação como aquela, e um segundo depois já estava dormindo.

Quando acordou, o homem não estava mais ali. A luz da manhã machucou seus olhos por um momento e ela sentiu o corpo contraído. Precisava se mexer devagar. Na outra ponta do sofá, a idosa dormia com a cabeça caída para um lado.

Da cozinha vinham ruídos e cheiro de café. Os cacos de cerâmica e porcelana do chão estavam varridos contra a parede. A cadeira quebrada estava levantada e posta no corredor. Ela procurou com o olhar a arma, mas não a viu. Não só havia luz chegando da janela: o lustre antes quebrado estava aceso. Era a primeira vez em muitos anos que o via funcionando. A cúpula de plástico tinha uma transparência suave e acetinada, iluminando um pano de prato aberto sobre a mesa, com a geleia, a manteigueira, o leite e a xicarazinha sem asa onde guardava o açúcar. O homem chegou com três pratos, que pôs na mesa.

"Ovos", disse.

Via-se que estava descansado e bem-disposto, parecia ter molhado as laterais do cabelo para lhe dar forma. A idosa se mexeu na outra ponta do sofá, abriu os olhos e olhou para ela, desorientada.

"Tem dinheiro?", perguntou. "Tenho que pegar o metrô agora mesmo."

Não dava para saber se estava pedindo dinheiro de fato ou se estava só brincando.

"Ovos, mamãe."

Ele foi até a idosa e a ajudou a levantar. A idosa parecia incomodada e o repreendeu:

"Acha que não sei como voltar sozinha para casa? Hein?"

Andaram juntos até a mesa, onde ele pegou uma cadeira para que ela sentasse e lhe aproximou um dos pratos.

"Pronto", disse, dando a ela os talheres.

A idosa deu a primeira garfada, ele ainda estava de pé ao lado dela, servindo o café. Só então se virou para o sofá.

"Por favor", disse, "venha, que tem para todos."

Ela se aprumou. Apesar do torpor, havia alguma coisa inesperadamente leve em seus movimentos. Com a luz alaranjada, o apartamento lhe parecia um lugar não de todo conhecido, parecia mais cálido e acolhedor. O homem sentou diante da mãe e começou a comer. Para ela, o prato tinha sido servido na cabeceira. Sabia que não ia experimentar nada, mas foi até ali e sentou. Esfregou o rosto com a palma das mãos. O homem lhe encheu uma xícara de café e ela o foi tomando enquanto os observava terminar o café da manhã. Será que alguém da clínica ia mesmo telefonar de volta?

"Peguei o dinheiro da cômoda, as joias e o cartão. Deixei seu celular na mesinha de cabeceira da sua filha. Há algo mais que eu possa fazer pela senhora?"

Ela fez que não, movendo lentamente a cabeça.

Depois de pendurar a bolsa no ombro e calçar as sandálias na mãe, ele olhou para ela.

"É uma pena que tenha que ser assim", disse, "mas mesmo se precisar de mim, não tente me procurar. Para alguém como a senhora, o melhor é não voltar a saber mais nada de mim."

Ela assentiu. Ele assentiu também, como uma despedida. Estendeu o braço à mãe, que o aceitou, e sem dizer mais nada foram embora pelo corredor até a saída. Ela esperou ouvir o clique da porta e ficou imaginando-a por um bom tempo: branca, fechada e imóvel, como se tentasse recordá-la. Quando teve certeza de que tinham ido embora, se inclinou devagar em direção ao corredor para se certificar.

Pensou que podia desatar a chorar, ou correr ao quarto da filha, se enfiar nos lençóis e dormir o resto do dia. Mas não conseguia se erguer. Ia conseguir em algum momento? Olhou ao redor. Procurava no chão ou nas paredes um buraco, uma marca. Porque tinha havido um estrondo, ainda cabia essa possibilidade, ainda que nenhum vizinho tivesse feito a gentileza de se aproximar para ver o que estava acontecendo. E se não encontrasse o buraco, significava que estava morta?

Então reparou nos ovos, ainda estavam ali diante dela. Pegou o garfo e experimentou um pouco, e depois outro e outro mais. Precisou terminar o prato para compreender o tamanho da fome que tinha. Tanta fome que ficou pensando se por acaso não haveria mais coisas na geladeira que pudesse comer, e se espantou ao perceber que, sem nem sequer se propor a isso, já estava outra vez de pé.

Sobre os contos

Escrevi "Bem-vinda à comunidade" pensando na minha amiga Martina, que faleceu já faz alguns anos e que esteve muito presente durante a escrita dessa história.

Vi o cavalo de "Um animal fabuloso" em Hurlingham, o bairro em que cresci. Vi dezenas deles, e a todos dedico essa história.

"William na janela" aconteceu mesmo. Talvez seja o conto mais autobiográfico que escrevi, e talvez também por isso seja melhor não dizer mais nada.

Embora não exista nada autobiográfico em "O olho na garganta", quero dedicar essa história ao meu sobrinho Logan, que sofreu um acidente parecido nessa mesma idade.

Escrevi "A mulher de Atlántida" pensando na minha irmã Pamela e nas minhas primas Deborah e Estefanía, companheiras da infância com quem tantas vezes explorei jardins alheios, e gritamos "Está vindo!" no mar de Atlántida.

Conheci o homem de "O Todo-Poderoso faz uma visita" em uma longa estadia em Barcelona. Embora nunca tenhamos nos entendido, com ele enfim aprendi a levantar pesos sem que minha lombar doesse. Parece uma coisa menor, mas sempre lhe serei grata.

Agradecimentos

A Vera Giaconi, obrigada pelo privilégio da sua amizade e das suas leituras.

A Nora Riccardi, por compartilhar comigo a experiência de trabalho com meninos que sofrem de problemas fonoaudiológicos; e a Miguel Chimski, que me explicou sete vezes, e com infinita paciência, como se escalpela corretamente uma lebre. Sem eles, os contos "O olho na garganta" e "Bem-vinda à comunidade" não teriam sido os mesmos.

Às minhas editoras Ana Laura Pérez e Elena Ramírez, pelas leituras atentas e generosas, pela paciência e pelo carinho.

À minha agente literária, Johanna Castillo, por essa força divina tão dela, e por toda a confiança.

Às minhas queridas e aos meus queridos: Svein, Anita, Sebastián, Isabel e Julieta, leitores pacientes e companheiros de vida. Escrevo sobretudo para vocês, para que me amem tanto quanto eu puder fazer com que me amem.

E à minha família, da qual pareço viver tão longe, embora com o passar do tempo eu cada vez me sinta mais perto.

A marca FSC® é a garantia de que a madeira utilizada na fabricação do papel deste livro provém de florestas gerenciadas de maneira ambientalmente correta, socialmente justa e economicamente viável e de outras fontes de origem controlada.

Copyright © 2025 Samanta Schweblin
Copyright da tradução © 2025 Editora Fósforo

Todos os direitos reservados. Nenhuma parte desta obra pode ser reproduzida, arquivada ou transmitida de nenhuma forma ou por nenhum meio sem a permissão expressa e por escrito da Editora Fósforo.

Título original: *El buen mal*

DIRETORAS EDITORIAIS Fernanda Diamant e Rita Mattar
EDITORA Eloah Pina
ASSISTENTE EDITORIAL Millena Machado
PREPARAÇÃO Débora Donadel
REVISÃO Eduardo Russo e Allanis Carolina Ferreira
DIRETORA DE ARTE Julia Monteiro
CAPA Alles Blau
IMAGEM DA CAPA Gift of J. Perrée, Eindhoven. Rijksmuseum. Domínio público.
PROJETO GRÁFICO Alles Blau
EDITORAÇÃO ELETRÔNICA Página Viva

CIP-BRASIL. CATALOGAÇÃO NA PUBLICAÇÃO
SINDICATO NACIONAL DOS EDITORES DE LIVROS, RJ

S428b

Schweblin, Samanta, 1978-
  O bom mal : contos reunidos / Samanta Schweblin ; tradução Livia Deorsola. — 1. ed. — São Paulo : Fósforo, 2025.

  Tradução de: El buen mal.
  ISBN: 978-65-6000-098-8

  1. Contos argentinos. I. Deorsola, Livia. II. Título.

25-96749.0
CDD: 868.99323
CDU: 82-34(82)

Gabriela Faray Ferreira Lopes — Bibliotecária — CRB-7/6643

Editora Fósforo
Rua 24 de Maio, 270/276
10º andar, salas 1 e 2 — República
01041-001 — São Paulo, SP, Brasil
Tel: (11) 3224.2055
contato@fosforoeditora.com.br
www.fosforoeditora.com.br

Este livro foi composto em GT Alpina e
GT Flexa e impresso pela Ipsis em papel
Golden Paper 80 g/m² para a Editora
Fósforo em abril de 2025.